목차

- 정신 차린 토끼는 거북이를 이길 수 있을까?
6p

- 거북이의 역주
18p

- 얼굴이 시커멓게 변한 용왕님
25p

- 변신 마법을 알려줘!
31p

- 용궁 여행
43p

그대는 마법사?
51p

- 인어공주와 108 문어
67p

- 늑대 인간
76p

- 인간 변신
93p

- 인형극을 꾸미다
103p

- 놋쇠로 변한 황금조개 나침반
110p

- 백색공주와 마녀
114p

- 고양이 목에 방울을 달아야 해
122p

- 살고 싶으면 죽은 체 하라
127p

- 몹쓸 마법에 걸린 왕자님
136p

- 머리통 인간
143p

- 마녀의 최후
146p

- 인어공주를 찾아서
150p

전구눈올빼미의 빛나는 호기심?!

뭐? 옛날에는 거북이가 토끼만큼 큰 귀를 가지고 있었다고?

 낮아. 옛날에 거북이는 지금의 토끼만큼 커다란 귀를 가지고 있었어. 그 귀는 크고 굵직한 당근만 해서 '당근 귀'라고도 불렸지. 당근 귀를 가진 거북이는 귀가 무척이나 밝았어.

 그 옛날에 토끼는 귀가 아주 작았어. 귀가 얼마나 작았던지 마치 자기가 싼 똥마냥 콩알만 해서 '콩알 귀' 또는 '토끼똥 귀'라고 불렸지.

 조그만 콩알 귀를 가지고 있어 그런지 몰라도, 토끼는 귀가 어둡고 콩을 무척이나 좋아했단다. 그리고 지금의 드문드문 난 수염과는 달리 텁수룩한 수염을 가지고 있었어.

 수염 쓰다듬으며 뽐내길 좋아하는 토끼는 뜀박질을 참으로 좋아했단다. 한시라도 가만히 있지 못하고 굴 밖으로 나와 깡총깡총 뛰어다녔지.

 거북이는 커다란 귀로 세상의 온갖 소리를 들었어. 작은 풀벌레 우는 소리부터 저 멀리 날아가는 독수리 날갯짓 소리, 그리고 누군가 '피슈~뽕' 하고 몰래 뀐 방귀 소리까지 당근 귀를 팔랑이며 다 듣고 있었지.

 그런데 토끼와 거북이가 무슨 영문인지 경주를 벌이게 되었어. 달리기 시합이 있는 날, 토끼는 자신만만한 표정으로 몸을 풀었어. 거북이와 달리기 시합에서 이기는 것이 '씻은 콩 먹기보다 쉬운 일'이라며 자신하고 있었지.

 그때, 우리의 전구눈올빼미가 날아들었어. 전구처럼 크고 빛나는 눈을 가진 전구눈올빼미는 눈동자를 보석처럼 반짝이며 지상에 내려앉았지.

 자, 그럼! 토끼와 거북이가 달리기 시합을 벌이기로 한 그날로 돌아가 볼까?

1
정신 차린 토끼는 거북이를 이길 수 있을까?

해가 하늘 꼭대기에 올랐다. 가장 높은 곳에 오른 태양은 너없이 화사하게 빛난다.

'쨍쨍- 화사~'

간밤에 비가 와서 그런지, 하늘은 맑고 화창하다. 도토리 종을 하늘 높이 들며 다람쥐가 말한다.

"땡그랑, 종이 울리면 경주를 시작하는 거야."

토끼와 거북이는 나란히 출발선에 섰다. 종이 울리면 뛰어나가려고 토끼가 몸을 움츠린다. 출발 신호가 울리기만을 기다리고 있던 그때, 전구눈올빼미가 날아든다.

"멈춰! 경주를 멈추란 말이야."

크고 빛나는 눈을 가진 전구눈올빼미는 대뜸 소리부터 질른다.

"뭐야? 우우우……"

 올빼미를 향해 숲속 동물들이 야유를 보냈다. 다람쥐는 시합을 방해하는 올빼미가 마땅치 않았다.

"넌 뭐야?"

"누구한테 뭐냐고 묻는 건 실례야. 우리는 존중 받아야 할 동물이라고!"

 대수롭지 않게 받아치며 올빼미는 토끼와 거북이에게 잰걸음으로 다가간다.

"토끼가 거북이보다 빠르다는 것쯤은 하루 반나절을 산 하루살이도 알아. 너희들은 어쩌다가 이런 얼토당토않은 달리기 시합을 하게 된 거야?"

 토끼는 선뜻 답하지 못했다. 거북이가 느릿느릿 대답한다.

"토끼가…… 나 보고 느리다고…… 하잖……"

"거북이 주제에 나보다 빠르다고 했단 말이야."

 말을 가로채며 토끼가 재빨리 답했다. 거북은 당근 귀를 펄럭이며 기어들어가는 목소리로,

"내……내가…… 언제?"

"그 커다란 귀를 이죽거리며 분명히 그렇게 말했잖아?"

 토끼가 쏘아붙였다. 말다툼으로 번지려는 것을 막으며 올빼미가 묻는다.

"토끼야! 거북이가 느리게 걷건 빨리 달리건, 그게 너랑 무슨 상관이야?"

"너도 알겠지만 내 달리기 솜씨는 최고잖아?"
콩알만 한 작은 귀를 쫑긋거리며 토끼가 대꾸했다.
"최고라 하기엔 무리지만, 뭐 손에 꼽을 정도는 되지."
올빼미 말에 토끼는 살짝 심기가 꼬인다.
"너도 내가 최고로 빠르다는 것을 인정하지 않는 거니?"
"자, 어디 한번 보자꾸나!"
전구눈올빼미는 구경 나온 숲속 동물들을 살펴보았다. 그중 뿔이 우뚝 솟은 사슴 한 마리가 눈에 들어왔다.
"토끼 너, 저 사슴과 달리기 시합하면 이길 자신 있어?"
"그건…… 좀……"
좀 전의 의기양양하던 모습은 오간 데 없이, 토끼는 움츠려들었다. 토끼 속을 빤히 들여다보듯 전구눈올빼미는,
"토끼가 왜 토끼인 줄 알아? 깊은 산속 옹달샘 몰래 먹고 토껴서 토끼인 거야."
"에~엥?"
뜨악한 표정으로 다람쥐가 토끼를 쳐다본다.
"옹달샘 물을 먹는 게 너였어?"
"으응……, 꼭 새벽에 목이 말라서……."
얼굴 붉히는 토끼를 향해 올빼미는 엄지깃털을 내세우며 말한다.
"결과가 빤히 보이는 거북이와의 경주 말고, 네 상대로 어울리는 이를 찾아 시합하는 게 어떻겠니?"

올빼미는 이번엔 거북이를 돌아보았다. 당근 귀를 팔랑이며 엿듣고 있는 거북을 향해 다그치듯,

"내가 토끼에게 한 말 들었지? 결과가 뻔히 보인다는 말은 널 무시해서 한 말이 아니야. 네가 느린 건 사실이니까. 그렇지만 여기 있는 동물들 중에 너처럼 수영을 잘하는 이는 없어."

올빼미가 말을 마치자, 토끼가 콩알 귀를 긁적이며 악수를 청한다.

"거북아, 미안해. 널 놀릴 생각은 없었어."

"저리 치워!"

거북이는 토끼가 내민 화해의 앞발을 매몰차게 뿌리쳤다.

"정말로 날 놀렸으면서. 어서 네가 말한 대로 경주나 시작해! 기필코 네놈을 이겨서 콧대를 꺾어놓을 테니까."

어쩐 일인지 거북이는 말도 더듬지 않고, 마치 속사포 쏘듯 빠르게 말했다. 토끼와 숲속 동물들은 갑자기 사납게 돌변한 거북의 태도에 깜짝 놀랐다.

"미안하다고 했잖아. 그렇게까지 화낼 필요는……."

"출발선에 서! 어서 우리가 하려던 거나 시작하자고."

화내다 참혹하게 일그러져 버린 거북의 얼굴표정을 유심히 관찰하며 올빼미는 눈을 게슴츠레 떴다.

"거북아, 토끼의 사과를 받아들이고, 이 의미 없는 경주를 그만두는 게 어떻겠니?"

"저리 가! 의미 있는지 없는지는 내가 알아서 할 일이야. 왜

남의 일에 사사건건 참견이야?"

거북이가 강짜 부리며 소리쳤다. 올빼미는 토끼에게 다가가 작은 목소리로 속삭인다.

"토끼야, 혹시 너희들 내기했니?"

"으응……? 무슨 내기?"

"달리기 시합에서 이기면 어떻게 하기로 했어?"

"아니야, 내기는 무슨……"

"시치미 떼도 소용없어."

아무래도 거북이의 행동이 수상하기 그지없다. 이 상황에서도 거북은 몰래 엿듣고 있었다. 올빼미는 토끼를 끌고 거북이에게서 멀찌감치 떨어져 나온다.

"야! 지금 내가 토끼 네 편인 거 몰라? 사실대로 말해봐."

"사실대로? 아깐 나보고 토껴서 토끼라며?"

"그런 것에 꽁하지 말고, 말해봐. 무슨 내기를 한 거야?"

그제야 토끼가 순순히 말하기 시작한다.

"으응……, 소원을 들어주기로 했어."

"소원?"

토끼는 잠시 머뭇거리다가,

"음……, 진 쪽이 이기는 쪽 소원을 들어주기로 했어."

"넌 무슨 소원을 말했는데?"

"아직 생각 중이야. 그런데 거북이가 자기가 지면 바닷속 구경을 시켜주겠다고 했어."

올빼미는 뒤를 돌아보았다. 몰래 다가와 당근 귀를 팔랑이던 거북은 흠칫 놀라는 표정이다.
 "거북이 너! 만약 경주에서 이기면 토끼에게 무슨 소원을 들어달라고 할 거니?"
 "그……그건, 비밀이야!"
 당황한 거북은 말까지 더듬는다.
 "뭘 감출게 있다고 비밀?"
 "승……승부가 나기 전까진 어떤 말도 하지 않을 거야."
 올빼미는 거북이를 위아래로 쏘아보았다.
 "그렇다면 이 달리기 시합은 그만하는 거다!"
 거북이가 따지듯 묻는다.
 "뭐? 왜 그래야 하지?"
 "꿍꿍이속을 감추어 둔 채 시합을 하는 건 정정당당하지 못한 거니까."
 숲속 동물들은 올빼미의 말에 하나같이 고갤 끄덕였다. 도토리 종을 들고 있던 다람쥐가 거북이를 다그친다.
 "왜 말을 못해? 거북아, 어서 말을 해."
 성화에 못 이긴 거북은 난처한 표정이다.
 "도대체 나한테 왜 이러는 거야? 간단한 내기 정도는 할 수 있잖아?"
 "그럼 여기서 거북이 네 소원을 말할 거야, 아니면 달리기 시합을 취소할까?"

"아……알았어. 말하면 될 거 아니야!"
"그래, 네 소원이 뭐야?"
"나의 소……소원은……"
거북이는 잔뜩 찡그린 얼굴로 주둥이를 연다.
"토끼의 간이야!"
숲속에는 순간, 정적이 흘렀다. 넋 놓고 있던 다람쥐가 앞발에 쥐고 있던 종을 놓쳐버린다.
'땡그랑 땡~땡!'
도토리 종이 땅바닥에 뒹굴며 그런 소릴 냈다. 종소리에 다들 제정신이 드는지 숲속 동물 모두가 펄쩍 뛴다.
"짹! 간을……? 째에짹~"
박새와 참새가 팔딱거리며 부산을 피웠다. 올빼미가 소리친다.
"고작 달리기 시합에 간까지 요구하는 건 너무 심하잖아?"
거북은 되레 큰 소리로,
"먼저 경주를 하자고 한 건 토끼였어."
토끼는 아무 말도 못하고 먼 산만 바라보았다. 간을 빼내려면 어떻게 해야 하지! 골똘히 생각에 잠긴 표정이다. 그런 토끼를 손가락질하며 거북은 야멸찬 목소리로,
"토끼, 넌 나에게 간을 줘야 해."
말을 듣는 것만으로도 몸속의 간이 오그라드는 것 같다. 토끼는 텁수룩한 수염을 쓰다듬으며 사과의 말을 건넸다.

"거북아, 미안해. 널 놀린 걸 진심으로 후회하고 있어. 사과를 받아 주었으면 해. 그리고 우리 이 시합은 그만두자."

토끼는 거북이에게 용서를 구했다. 그러나 거북은 고집을 꺾지 않았다.

"용서는 너의 간을 손에 넣게 되면 해주지."

거북이가 거만한 손길로 자신의 당근 귀를 쓰다듬으며 말했다. 전구눈올빼미는 눈을 반짝이며,

"달리기 시합은 무효야! 어느 누구도 용서의 대가로 목숨을 요구할 수는 없어."

올빼미 말에 숲속 동물 모두가 고개를 끄덕였다. 다람쥐가 거북을 쏘아보며 소리친다.

"거북이 너! 그렇게 안 봤는데 아주 속이 시커멓구나."

"그……그게 아닌데……."

"아니긴 뭐가 아냐? 아주 속이 거북한 놈."

거북은 목을 주억거리며 움츠러든다. 그때, 예기치 못한 소리가 들려왔다.

"아니!"

토끼가 나서며 소리쳤다.

"난 경주 할 거야."

토끼는 적개심에 불타는 눈빛으로 거북이를 쏘아보았다.

"난 거북이의 귀를 원해."

"오, 역시 시커먼 속내가 있었군!"

"진짜 속이 시커먼 놈이 누군데? 네가 아까도 바닷속 구경을 시켜준다고 그랬지? 이기든 지든 네놈은 내 간을 빼앗을 생각이었어."

"그……그건……."

"용서하지 않겠어. 네놈의 가장 소중한 것을 빼앗아 처절하게 응징해 주겠어."

"흥, 그게 말처럼 쉽겠나?"

"네놈을 이기는 건 씻은 콩 먹기보다 쉽다고!"

"흥! 주둥이만 살아서……"

"뭐? 네 녀석 입이야말로 주둥이지."

토끼와 거북이, 둘의 눈에서 불꽃이 튀었다. 주먹다짐이라도

할 것 같은 둘 사이에 올빼미가 끼어들며,

"애들아, 그만두고 싶으면 지금이라도 그만 둬."

"아니, 난 그만두지 않을 거야."

거북은 단호한 어조로 답했다. 토끼도 이를 악물며 맞선다.

"거북이가 못된 고집을 꺾지 않는다면, 나도 멈추지 않겠어."

숲속 동물들이 들뜬 목소리로 아우성이다.

"와! 재미있겠다. 어서 경주를 시작해."

"안 돼, 모두 이성을 찾고 동물답게 생각해보자고."

"우우~ 올빼미는 쓸데없는 참견 말고, 이제 그만 빠져."

숲속 동물들이 올빼미를 향해 야유했다. 몇몇 동물들의 입에서 거친 말이 쏟아졌다.

"올빼미는 꺼져."

"애들아, 그게 아니고……"

"우우우!"

생떼 부리는 숲속 동물들에 떠밀려 올빼미는 제 목소릴 내지 못했다. 땅에 떨어진 도토리 종을 주우며 다람쥐가 말한다.

"올빼아, 더 이상 끼어드는 건 무리야."

올빼미는 소크라테스처럼 탄식했다.

"아! 동물의 존엄이 무지와 광기로 인해 땅에 떨어져버렸도다."

물러나는 올빼미를 다람쥐가 다독이며,

"올빼아, 심판을 봐 줘. 넌 날개가 있잖아. 정정당당한 승부가 될 수 있도록 네가 하늘에서 살펴줘."

전구눈올빼미는 순간 고뇌에 빠진다.

"아! 이런 살벌한 경쟁에 발을 들여놔야 할까? 나도 저들과 똑같은 동물이 되는 건 아닐까!"

"무슨 소리야? 올빼미 네가 그래선 안 돼."

다람쥐는 모두 들으라는 듯 소리친다.

"정정당당한 승부가 될 수 있도록 우리 모두가 눈이 되고 귀가 되어야 해. 조금의 부정행위라도 발각되면 무조건 실격이야."

"와~ 좋아. 옳거니."

숲속 동물 모두가 흔쾌히 고갤 끄덕였다. 도토리 종을 가볍게 딸랑이며 다람쥐가 선언한다.

"모두 들었겠지만 다시 한번 말합니다. 토끼가 이기면 거북은 귀를 떼어주어야 하고, 거북이가 이기면 토끼는 간을 빼줘야 합니다."

"우와와! 우오오~"

여기저기에서 동물들의 환호소리가 들렸다. 때맞추어 점점 많은 숲속 동물들이 구름 떼처럼 몰려들었다.

"자, 토끼와 거북은 출발선에 서도록."

다람쥐 지시에 따라 토끼와 거북은 나란히 출발선에 섰다. 토끼는 출발선을 밟으며 거북을 노려본다.

"거북이 네 이놈! 네 귀는 내 것이렷다."

거북도 지지 않고 소리친다.
"흥, 네놈 간, 뗄 생각이나 하라고."
"조용! 이제 준비하고. 하나, 둘, 셋. 출발!"
다람쥐가 사정없이 종을 흔든다.
'땡그랑~ 땡땡!'
토끼는 쏜살같이 뛰어나갔다. 그에 반해 거북이는 어슬렁거렸다. 누가 보아도 달리는 게 아니라 엉금엉금 기어가는 것처럼 보였다.
'어찌 되려나?'
전구눈올빼미는 심각하고 진지한 표정을 한 채로 날아올라, 토끼와 거북이를 굽어살폈다. 숲속 동물들도 먼발치에서 따라다니며 구경한다.
"흥~ 느림보 거북이 따위!"
토끼는 뒤도 돌아보지 않고 달렸다. 토끼가 한참을 달렸지만, 거북은 여전히 출발 지점에서 어기적거리고 있다. 그러나 어찌 된 일인지, 거북의 입가엔 미소가 번지고 있었다.

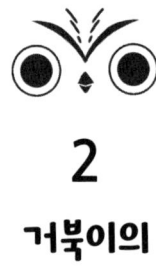

2
거북이의 역주

 도끼와 거북이의 격차는 점점 벌어졌다. 한참을 달린 토끼는 목이 말랐다. 뒤를 돌아보니, 거북이는 까마득히 먼 곳에서 좁쌀처럼 보인다.
 "흥, 느림보 거북 따위가……. 목이나 좀 축일까?"
 '쏴아아~'
 때마침, 토끼의 작은 귀에 물소리가 들려온다.
 '응? 뭐지?'
 도착 지점에 가기 위해선 시냇물을 건너야 하는데, 그런데 이게 웬일? 시냇물이 강물처럼 불어 있다. 밤새 내린 비 때문인지, 시냇물은 마치 거대한 폭포수가 옆으로 흐르는 것처럼 심하게 요동치고 있었다.
 "어? 어디 있지?"

토끼는 서둘러 징검다리를 찾았다. 그러나 불어난 물줄기에 징검다리는 흔적도 보이지 않는다. 그제야 토끼는 정신이 번쩍 드는 것 같다. 목마른 것도 잊고, 불어난 시냇물을 건너기 위해 이리 뛰고 저리 뛰어다녔다.

"도대체 어디 있는 거야?"

토끼가 우왕좌왕하는 사이, 거북이가 뒤쫓아 왔다. 거북은 불어난 시냇물 앞에서 어쩔 줄 몰라하는 토끼를 보며 웃는다.

"오늘은 징검다리가 자취를 감추었나 보군?"

토끼는 깜짝 놀라 돌아보았다. 거북이가 당근 귀를 팔랑이며 다가오고 있었다.

"아니, 어느새……?"

"흥, 나도 맘만 먹으면 빠르거든!"

거북을 보며 토끼는 마치, 온몸이 밧줄로 꽁꽁 묶이는 것 같다. 느릿느릿 걷는 거북이의 발걸음이 소름 끼치도록 무섭게 느껴졌다.

"허허, 뱃속에서 간을 꺼내려면 어떻게 해야 할까?"

거북은 태연하게 토끼 앞을 스쳐 지났다. 그러고는 물살에 거침없이 뛰어들어 능숙하게 헤엄친다.

"안 돼. 거기 서!"

토끼의 눈에 거북은 마치 잔잔한 호수에서 여유롭게 수영을 즐기는 것처럼 보였다. 눈 깜짝할 사이에 시냇물을 건넌 거북은 시냇가 반대편에서 어쩔 줄 몰라 하는 토끼를 보며 너털웃음을 터트렸다.

"하하, 오늘은 토끼 간이 배 밖으로 나오는 날이군! 우하핫~"

실컷 비웃고 난 거북은 발걸음을 옮겼다. 거북이 사라지기까지 한참의 시간이 걸렸지만, 토끼의 눈엔 순식간에 사라진 것처럼 보인다.

"우아앙~ 나 어쩐다지?"

굵은 눈물방울이 시냇물로 하염없이 쏟아진다. 토끼는 어찌나 울었던지, 그만 눈이 빨갛게 되고 말았다. 그때였다. 물속에서 말하는 소리가 들려온다.

"토끼야, 토끼야!"

소리 난 쪽을 살펴보니, 잉어가 입을 뻐끔거리며 쳐다보고 있다.

"토끼야, 왜 울고 있니?"

"거북이와 달리기 경주를 하는데, 시냇물이 불어서 건널 수가 없어."

"아! 경주에서 지면 거북에게 간을 주어야 하지?"

토끼는 깜짝 놀라,

"네가 그걸 어떻게 알아?"

"원래 발 없는 말이 천리를 가는 법이야."

토끼는 자기가 최고로 빠르다고 우겼던 지난날을 후회했다. 오만의 대가로 나의 간을 내어주어야 할까! 또다시 굵은 눈물방울이 뺨을 타고 흘러내린다.

"포기하지 마, 토끼야! 포기하는 순간 정말로 지는 거야."

잉어의 말이 토끼에게는 아무런 위로가 되지 못했다.

"그렇지만 내가 할 수 있는 일이 아무것도 없는걸."

"내가 도우면 되지."

토끼는 잉어의 말에 소스라치게 놀랐다. 숲속 동물들이 토끼를 보고 있었다. 하늘엔 올빼미를 비롯해 산비둘기가 이 광경을 지켜보고 있다.

"내가 누군가의 도움을 받아 거북에게 이긴다면, 아무도 나의 승리를 인정하지 않을 거야! 오히려 부정한 방법을 썼다며 손가락질할 걸? 그럼 나는 시합에도 지고, 명예도 잃게 되겠지."

잉어는 잠시 생각했다. 좋은 생각이 떠오른 듯, 금세 입을 뻐끔거리며,

"내가 징검다리가 되어줄게."

"징검다리?"

"그래! 내가 불쑥 물 위로 떠올랐을 때, 네가 나를 밟고 지나갔다고 하면, 누구도 널 탓할 수 없을 거야."

"그렇지만 너 혼자로는 징검다리를 만들 수 없잖아."

"걱정하지 마. 내 친구들을 소개하지."

잉어는 물 밖으로 뻐끔거렸다. 수면에 동그란 거품이 일며 물살에 퍼져 나간다. 그러자 약속이라도 한 듯, 메기와 친구들이 물 위로 둥둥 떠 올라 영락없는 징검다리를 만들어냈다.

"빨리 우리 등을 밟고 건너."

"고마워."

토끼는 벌겋게 된 눈을 깜빡이며, 잉어의 등으로 뛰어올랐다.

"조심해. 정신 바짝 차리고!"

잉어의 등은 생각보다 미끄러웠다. 발을 조금이라도 헛디딘다면 불어난 물살에 휩쓸려 떠내려가게 될 것이었다.

"알았어. 집중할게."

정신을 차린 토끼는 잉어 등을 밟고, 이어서 메기의 등을 밟으며 차례차례 뛰었다. 물고기들 덕분에 토끼는 안전하게 시냇물을 건널 수 있었다.

"얘들아! 진심으로 고마워. 내가 너희들에게 어떻게 보답할 수 있을까?

"지금 그런 말을 할 때가 아니야. 거북이가 거의 도착했을 거야."

"알았어, 이 은혜는 평생 잊지 않을게."

토끼는 말을 마치자마자, 마치 로켓이 날아오르듯 달려나간다. 저 앞에서 거북이가 결승선을 향해 엉금엉금 기어가고 있는 것이 보였다.

"헉헉!"

토끼는 있는 힘을 다해 달렸다. 토끼의 거친 숨소리가 거북이의 당근 귀에 닿았다. 거북이는 무슨 일인가 싶어 뒤돌아보고 만다. 그 틈을 놓치지 않고, 토끼는 거북이 뒤로 바짝 따라붙었다. 토끼를 본 거북은 잔달음 치지만 뒤돌아보던 몸을 제자리로 돌리는 데만 한참이 걸렸다.

"거북아! 넌 거기까지야."

기회를 놓치지 않고, 토끼는 거북이 꼬리까지 따라붙었다. 결승선까지 한 걸음도 남지 않은 곳에서 거북의 꼬리가 토끼 뺨에 스친다. 이대로라면 둘이 동시에 들어올 수도 있을 것 같다.
"안 돼~"
 그야말로 결승선을 코앞에 두고, 거북이는 긴 귀를 앞으로 쑥 내밀었다. 이에 질세라, 토끼는 혀를 쏙 내민다.
'꿀꺽!'
 지켜보던 숲속 동물들의 목구멍에서 저마다 침 삼키는 소리가 났다. 토끼의 짧은 혀가 거북의 긴 귀보다 앞섰다. 다람쥐가 소리친다.
"토끼 승리!"

토끼가 이겼다. 토끼가 거북보다 먼저 들어왔다는 것을 증명하기 위해서는 사진판독이 필요할 정도였다.

"와와아~"

전구눈올빼미를 비롯하여 지켜보던 날짐승들은 소릴 질렀다. 참새들은 마치 자기들이 경주에서 이기고 진 것처럼, 땅 위를 통통 뛰어오르며 요란 떤다.

"짹짹~ 토끼가 이겼다. 정신 차린 토끼가 승리하였다."

잠시 숨을 고른 뒤, 거북이는 약속한 대로 귀를 떼어 토끼에게 주었다. 토끼는 거북이가 준 당근 귀를 자신의 콩알 귀 대신 붙였다.

"난 이제부터 내기 따위는 절대로 하지 않을 거야."

토끼는 거북이와의 달리기 경주 후에 매사에 신중해졌다. 누군가는 토끼가 거북이의 커다란 당근 귀를 얻은 뒤, 너무 잘 듣게 되어 소심해졌다고도 한다.

"굴 밖은 위험해."

신중하고 소심해진 토끼는 굴속에 숨어 잘 나오지 않게 되었고, 귀가 없어진 거북이는 오히려 머리통을 거북 집에 쏙 집어넣을 수 있게 되었다.

3
얼굴이 시커멓게
변한 용왕님

 한편, 토끼의 간을 간절히 원했던 바닷속 용왕님은 진노하였다. 옆에서 부채를 부치던 새우들은 바람에 나부끼는 갈대처럼 팔다리를 떨었다.
"네 이놈!"
 용왕은 거북을 노려보며 크게 소리쳤다.
"요……용왕님……."
 거북은 부들부들 떨며 어찌할 바를 몰랐다. 순간, 용왕의 얼굴이 시커멓게 변한다. 용왕님 안색을 살피던 새우들이 저마다 등을 구부렸다. 용왕님의 얼굴이 시커멓게 된다는 건 곧 누군가 바위로 변한다는 뜻이다.
"에잇, 네놈은 바위도 아까워. 돌이 되어라!"

용왕님 손바닥에서 시커먼 기운이 쏟아져 나온다. 용왕의 장풍에 얻어맞은 거북은 입을 열기도 전에 딱딱한 돌멩이가 되어 버렸다.
 화가 덜 풀린 용왕은 째지는 목소리로,
 "잉어는 어디 있어? 그놈도 끌어내라."
 용왕님의 높은음 목소리를 알아듣기 힘들어 다들 벙벙한 상태, 옆에 있던 바닷가재가 허리를 굽실거리며 외친다.
 "잉어를 대령하시란다."
 "예이~"
 지느러미가 꽁꽁 묶인 채로 잉어가 투구 게들에게 잡혀 온다. 용왕은 뿔난 표정으로 잉어를 쏘아보았다.
 "잉어, 네 이놈!"
 영문도 모르는 잉어는 입가에 수염을 늘어트리고는 묻는다.
 "용왕님. 무⋯⋯무슨 일이십니까?"
 "네놈 주둥이에 그 수염은 무엇이냐?"
 "제 수염이 무슨 문제라도⋯⋯."
 바닷가재가 집게발을 휘두르며 소리친다.
 "감히 어디서 말대답이냐? 묻는 말에 바른대로 고하라!"
 잉어는 바닷가재의 무시무시한 집게발을 보자 심장이 멎는 것 같다.
 "토⋯⋯토끼가 선물로 주었습니다."
 "토끼가 왜 그것을 너에게 주었더냐?"

"일전에 제가 토끼를 도운 적이 있습니다. 그 답례로 토끼가 수염을 나누어 준 것입니다."

"그렇다면 메기도 너와 함께 토끼를 도왔더냐?"

잉어는 뭔가 심상찮다는 걸 느꼈다. 괜히 친구의 이름을 들먹이다가는 같이 봉변을 당할까 두렵다.

"메기는 그런 적 없습니다. 그런데 무슨 일 때문에 그러십니까?"

"어디서 거짓부리야? 네놈이 메기와 함께 토끼에게 징검다리를 만들어주지 않았더냐? 그 덕에 메기도 너와 같이 떠세 부리기 딱 좋은 수염을 얻은 게고."

바닷가재는 잉어를 달구쳤다. 잉어는 정신이 아득해지는 것 같지만, 태연한 척 대꾸한다.

"제가 한 행동에 무슨 잘못이라도 있습니까?"

"이놈이 아직도 정신을 못 차렸구나! 오늘부터 너와 메기는 용궁의 지하 감옥에서 평생을 썩을 줄 알라. 여봐라! 이놈을 당장 하옥시키고, 메기도 잡아들여라."

"네, 알겠습니다."

투구 게들이 게걸음으로 달려와, 집게발로 잉어의 지느러미를 우악스럽게 잡아끈다. 잉어는 소리 높여 말했다.

"친절을 베푼 것이 무슨 죄가 된다고 이럽니까? 제가 무슨 잘못을 했는지 알려 주십시오."

끌려 나가는 잉어를 보며, 용왕님은 머리가 지끈지끈 쑤신다.

마침, 눈앞엔 돌멩이로 변한 거북이가 보였다. 반쯤 감긴 거북이의 꺼벙힌 눈농자가 구슬퍼 보인다.

"아이고, 휴~"

용왕님은 한숨 크게 들이쉬고 마음을 추슬렀다. 현판에 손수 써놓은 용시가 눈에 들어온다.

"바다를 우러러 한 점 부끄럼이 없기를, 파도에 이는 작은 물살에도 나는 괴로워했다."

용시를 읊으니, 달리기 시합에 져서 토끼에게 당근 귀까지 빼앗기고, 결국엔 돌 되어 버린 거북이가 측은하기만 하다.

"에고, 거북이 네놈이 무슨 잘못이 있겠느냐?"

용왕님은 두 눈 딱 감고, 거북이를 풀어주었다. 돌멩이에서 풀려난 거북은 눈을 끔벅거렸다. 마법 기운에 취해 두 발이 갈지자로 흩어진다.

"어? 왜 용왕님이 토끼로 보이는 거지!"

바닷가재의 비난이 화살촉 같이 쏟아진다.

"거북이 이놈, 정신 못 차려?"

거북은 용왕님의 용안을 살피며, 쥐구멍을 찾는 심정으로 사라진다.

"에고, 참말로!"

용왕님은 혀를 끌끌 차며 한숨 쉬었다. 생각해 보니, 잉어 또한 그의 말처럼 잘못이 없어 보인다. 용왕은 옆에 있던 바닷가재를 손짓해 불렀다.

"잉어를 풀어줘라."

"네?"

바닷가재는 자신의 귀를 의심했다.

"잉어를 풀어주라니요? 그놈은 용왕님을 배신하지 않았……"

"글쎄, 풀어주라면 풀어 줘! 뭐 그리 말이 많아?"

불 같이 화내는 용왕님의 안색을 살피며, 바닷가재가 접을 듯이 허리를 구부린다.

"네, 알겠습니다."

"잠깐!"

"네?"

"풀어주는 대신 메기와 잉어에게, 바다에는 얼씬도 하지 말라고 해. 그놈들 수염만 보면 아주 치가 떨려!"

"네, 알겠습니다."

잉어는 용궁 감옥에서 풀려나면서 용왕님이 왜 그렇게 화가 났는지 궁금해했다. 바닷가재가 집게발을 엿장수 가위처럼 쩍쩍거리며 말한다.

"이 딱한 친구야, 용왕님은 토끼 간이 정말로 필요했다고!"

"토끼 간은 무엇에 쓰시게요?"

"그것까진 알 것 없고! 아무튼 토끼는 굴속 깊은 곳에 숨어버렸다니, 네놈 때문에 완전히 일 그르친 거지."

잉어는 영문을 몰라 고갤 갸웃거렸다. 하지만 이곳에 있다간 언제 또 무슨 화를 당할지 몰라 황급히 자리를 떴다.

4
변신 마법을 알려줘!

잉어가 돌아왔다.
"잉어야, 용궁 구경은 어땠어?"
"구경은 무슨, 말도 꺼내지 마."
 말 꺼내지 말라 해놓고는, 정작 잉어는 물고기 친구들에게 용궁에서 있었던 일을 세세히 이야기했다.
"글쎄 말이야, 아이고! 말도 마. 내 그 고생한 걸 생각하면……"
 용왕님이 화가 단단히 나서 자신을 감옥에 가둬둔 일, 바다에는 얼씬도 하지 말라는 이야길 들려준다. 그러고는 바닷가재의 무시무시한 집게발을 흉내 내며,
"글쎄~, 그것까진 알 것 없고! 용왕님은 토끼 간이 먹고 싶었

던 거지."

잉어가 어찌나 생생하게 얘기하는지, 물고기 친구들은 겁먹고 오들오들 떨었다.

'난 절대로 바다에 나가지 않을 거야!'

붕어는 토끼를 도와준 적도 없으면서, 바다에 가지 않으리라 마음먹는다.

"자, 이것으로 용궁 이야기는 끝!"

잉어의 이야기가 끝나고 물고기 친구들은 뿔뿔이 흩어졌다. 물 밖에서 가만히 듣고 있던 전구눈올빼미는 고갤 갸우뚱거리며,

"정말이야?"

"응? 뭐가?"

"용왕님이 정말 토끼 간을 먹고 싶어 하셨던 거야?"

"아니, 그건 내가 이야기에 양념 좀 쳤어."

"뭐? 있지도 않은 일을 꾸며냈다고?"

"내 말 좀 들어 봐. 우리 메기나 친구들이 안전해야 하지 않겠어?"

"그래도 그렇게 말하는 건 너무 한 거 아냐?"

"바다로 나가서 무슨 변을 당할 줄 알고! 모두의 안전을 위해 어쩔 수 없는 거야."

"그건 네 생각이고! 나중에 네가 한 말 때문에 문제 생기면 책임질 거야?"

"뭐 그리 민감하게 그래? 난 이제 바다랑 담 쌓았어."

"그런데 말이야, 용왕님은 토끼의 간이 왜 필요했던 걸까?"

올빼미의 물음에 잉어가 심드렁한 표정으로,

"뭐, 용왕님만의 사정이 있겠지."

"바로 그게 이상하단 말이야."

"뭐가?"

"바다에서 부족함 하나 없는 용왕님이 도대체 무엇 때문에 땅 위의 것이 필요했을까? 그것도 하필 토끼 간이라니……?"

"이상해도 별 수 없지. 난 이제 잔잔한 호숫가로 이사 가려고. 자고 있을 때 물살에 떠밀려 바다로 가게 되면 곤란하잖아?"

말끝나기 무섭게 잉어는 심각한 내적 갈등을 겪는다.

"아니야, 호수도 위험하려나! 좀 좁아도 연못이 좋을까?"

"에고, 알아서 하시오. 안전이 무엇보다 중요한 잉어 양반아."

올빼미가 날아가려는데, 잉어는 무언가 생각난 듯, 불러 세운다.

"아 참, 올빼야!"

"응, 왜?"

"용궁 감옥에 갇혀 있을 때 투구 게들이 나누는 대화를 얼핏 엿들었어."

"뭐라고 하던데?"

"토끼 간으로 누굴 살려야 한다는 것 같아."

"뭐? 누가 몹쓸 병이라도 걸렸데?"

"그건 모르겠고, 토끼 간이 없으면 나흘을 못 버틴다는 것 같기도 하고……. 바다 사투리가 심해서 알아듣기 힘들었어."
"그래?"
 전구눈올빼미는 잉어와 헤어져, 소나무 가지에 내려앉으며 생각했다.
'도대체 누가, 왜, 토끼 간이 필요했던 것일까!'
 올빼미는 엄지깃털을 꼼지락거리며 눈썹을 매만졌다. 밤이 깊지만, 머릿속에 스며드는 궁금증에 잠 이룰 수 없다. 생각은 답답하고, 마음은 간지럽다.
'휘이잉~'
 그날 밤 따라 유난히 바람이 많이 불었다.
"부엉~ 부부……부엉!"
 올빼미와 사촌 하자는 부엉이가 부산하게 운다.
'휘잉!'
 몸을 소스라치게 만드는 찬바람이 스산한 휘파람을 불며 지나갔다. 전구눈올빼미는 뜬눈으로 밤을 지새웠다.

 붉은빛이 감도는 동이 터올 때, 올빼미는 휘익 날아올랐다. 잠 한숨 이루지 못했지만 몸은 더없이 가볍고 날래다.
"너구라!"
 전구눈올빼미가 해 뜰 참부터 찾아간 곳은 너구리굴이다. 굴 앞의 신참 문지기가 눈곱을 떼며 올빼미를 맞는다.

"웬일이십니까?"

"대장 너구리 있나?"

"대장님은 아무나 만날 수 있는 분이 아닙니다."

"내가 왔다고 하면 네 대장이 맨발로 뛰어올 거다."

잠시 후, 너구리굴의 최고 어른인 대장 너구리가 불편한 몸을 이끌고 걸어온다.

"오랜만에 왔군. 쿨럭 쿨럭……."

"왜 그래? 어디 아파?"

"우린 다 아파. 누구나 아픈 곳이 한두 군데는 있는 법이지. 근데 넌 늙지도 않니?"

"궁금한 일이 많으면 늙을 시간도, 아플 여력도 없는 법이야."

"버르장머리 없는 말본새는 여전하네. 그래, 차나 한잔 홀짝이자고."

"아니, 그보다 중요한 이야기가 있어."

"무슨 거창한 비밀 이야기라도 하려는 거야?"

대장 너구리는 마법서와 마도구가 가득한 자신의 서재로 올빼미를 안내했다. 오붓하게 둘만 남자, 너구린 앞발을 비비며 입맛을 다신다.

"그래, 무슨 일인데?"

마치 눈앞에 맛있는 음식이라도 있는 것처럼 대장 너구리는 무척이나 들떠 보인다.

"너구라, 토끼로 변신하려면 어떻게 해야 하지?"

너구린 대번에 앞발을 가로저으며,

"뭔 소리야? 간만에 와서 대뜸?"

"숨긴다고 숨겨질 일이 아니야. 네가 변신 마법에 능하다는 거 다 알고 있어."

"변신 마법이라……."

대장 너구린 이내 굴침스런 표정으로,

"안 될 말이야. 절대로 알려 줄 수 없어."

너구린 두 눈마저 부릅떴다.

"변신 마법은 너구리 세계에 대대로 전해오는 신비의 전설이야. 아무리 오랜 친구라 해도, 네가 너구리가 아닌 이상 알려줄 수 없어."

너구리는 몸까지 오들오들 떨며 거절했다.

"힐 수 없시. 어험!"

전구눈올빼미는 자리를 박차고 일어섰다. 오자마자 떠날 차비를 하는 올빼미 친구를 보며, 대장 너구리는 왠지 미안하고 헛헛하다.

"벌써 가려고?"

"뜻을 이루지 못했으니 가야지! 네게 고까운 것은 없으니 마음 쓰지 않아도 돼."

"그러지 말고 메뚜기 과자라도 먹으면서 천천히 놀다 가."

올빼미는 날갯죽지를 으쓱이며 도리질한다.

"아니야, 올곧은 친구에게 못된 부탁을 할 수는 없지."

"잠깐! 그런데 왜 토끼가 되고 싶은 거야?"

너구린 올빼미의 꼬리깃털을 잡으며 물었다. 호기심 많기로 둘째가라면 서러운 대장 너구리의 양 볼이 떨린다.

"……!"

올빼민 씰룩거리는 너구리의 볼을 곁눈질로 살피며,

"내가 언제 토끼가 되고 싶다고 했나? 그냥 토끼로 변신하려면 어떻게 해야 하는지 물어봤을 뿐이지."

볼퉁한 대답에 너구리의 목젖이 살짝 떨린다.

"토끼로 변신하는 걸 알아서 무얼 하려고?"

"미안! 네가 알려줄 수 없다면, 나도 알려줄 수 없어. 인제 그만 가봐야겠다."

"왜 이래? 간만에 찾아와서 이러기야? 그렇다면 송충이 튀김이라도 먹고 가!"

전구눈올빼미는 '송충이 튀김'이라는 말에 몹시도 구미가 당겼지만, 내색하지 않고 더욱 퉁명스럽게……,

"바빠서 그래! 시간을 다투는 일이라 그러니 이해해 줘."

돌아서려다 말고 올빼미는 생감 찔러보듯,

"아참, 혹시 토끼 간으로 무슨 병을 치료할 수 있는지 알아?"

"토끼 간?"

"그래, 토끼 간!"

"세상에, 토끼 간이 약으로 쓰인다는 말은 들어 본 적도 없어! 개똥만큼도 쓸모없는 토끼 간이 무슨 약이 된다고 그래?"

대장 너구리는 괜한 너스레로 부신필였다. 올빼민 갸웃거리며,

"그렇지? 거 이상하네…… 아무튼 잘 있어."

"어……엇? 잠깐!"

대장 너구리는 떠나려는 올빼미의 날개를 덥석 잡고 만다.

"아잇! 이 친구야, 그러지 말고 얘기 좀 해봐! 그럴 만한 이유를 말하면 내가 답해줄 수도 있지 않겠어?"

전구눈올빼미는 회심의 미소를 지었다. 그렇지만 내색 않고, 그간 있었던 일을 너구리에게 들려준다.

"옳거니~ 그래서?"

대장 너구리는 이야기 듣는 동안, 눈을 똥그랗게 뜨고 몇 번이

나 입맛을 다셨다.

지금도 입맛을 쩝쩝 다시며,

"정말? 토끼 간으로 누굴 살릴 수 있단 말이야?"

"알 수 없지. 그래서 내가 널 찾아온 거잖아."

올빼미는 한껏 뜸들이다가 슬쩍 캐묻듯,

"어때, 토끼로 변신하는 방법을 알려줄 테야?"

"거참, 알려주지 않아도 곤란하고, 알려줘도 곤란하군!"

"너구라, 넌 궁금하지 않아?"

대장 너구리가 눈을 게슴츠레 뜨며 되묻는다.

"뭐가?"

"내가 토끼로 변신해서 용궁에 찾아가면 무슨 일이 벌어질지 말이야."

한참을 망설인 끝에, 너구리가 입 연다.

"그럼, 용궁에서 무슨 일이 있었는지 꼭 얘기해줘야 해."

"뭔 당근 뽑아 먹는 소릴 하고 있어?"

"좋아. 귀 기울여봐."

둘 밖에 없는 데도, 대장 너구리는 목소릴 낮추어 속삭였다.

"다른 동물의 모습으로 변신하려면 털이 필요해."

"털?"

"응, 그 동물의 털! 네가 사슴이 되고 싶다면 사슴 털이 있어야 하고, 호랑이가 되고 싶다면 호랑이 털이 필요하지."

"정말 호랑이도 될 수 있어? 털만 있으면?"

"물론이지. 그리고 신비 주문을 외우는 거야."

"신비 주문! 그게 뭔데?"

"자, 따라해 봐! 변화무쌍한 너구리 정령이여. 나를 털의 주인과 같은 모습으로 바꾸어 주소서. 리·구·너!"

"리구너? 리구너는 뭐야?"

"'너구리'를 거꾸로 한 거야! 자, 토끼털을 가지고 있다 생각하고 한번 말해 봐."

"변화무쌍한 너구리 정령이여, 나를 털의 주인과 같은 모습으로 바꾸어 주소서. 리·너·구"

"리너구가 아니라 리·구·너."

"아, 그렇구나! 그럼 본래 모습으로 돌아가려면 어떻게 해야 해?"

"변화무쌍한 너구리 정령이여, 나를 본래 모습으로 되돌려주소서. '리구너' 하면 되지."

"오, 과연! 알았어."

전구눈올빼미는 고갤 끄덕이며 무릎을 '탁' 쳤다. 너구리가 웅숭그리며 주의를 준다.

"근데 알아야할 건 변신 둔갑술은 4시간 후면 저절로 풀려. 그리고 일 년에 4번밖에 쓰지 못하지."

"네 시간? 마법 푸는 주문을 알 필요도 없을 만큼 짧은 시간이잖아!"

"그래서 불만이야?"

대장 너구리가 양 볼을 풍선처럼 부풀렸다. 전구눈올빼미는

해죽이며,

"그럴 리가, 변신 마법을 알려준 것만 해도 고마운 일인데……."

올빼민 금세 갸웃거리며,

"근데 왜 하필이면 일 년에 4번, 하루 4시간이란 한계가 있는 거야?"

"너구리의 법칙 때문이지."

"너구리 법칙?"

"응, 한놈 두시기 석삼 너구리! 우린 4야. 뭐든 네 번째가 우리들 너구리의 운명이야."

"운명?"

전구눈올빼미는 점점 알 수 없는 삶의 본질에 눈을 번뜩이며,

"그럼 말이야, 주문 외우는 걸로 어떻게 다른 동물의 모습으로 변신할 수 있지?"

"간단해."

대수롭지 않다는 듯 말하는 너구리의 태도에 올빼민 눈을 찡그리며,

"엥? 간단하다니?"

"우린 불러주는 대로 행하게 되어 있어. 누군가 나를 용팔이라 부르면 용팔이처럼 행동하게 되지. 너구리의 법칙은 내가 나를 부를 때 더 강력해져. 나 스스로가 바보라고 생각하면 정말로 바보멍청이들이나 하는 짓을 저지르게 되는 거야."

"아! 혹시 그게 마법의 법칙일까?"

"그렇다고 할 수 있지. 한놈 두시기 석삼 너구리……."

올빼미의 눈동자를 뚫어질 듯 쳐다보며 너구리가 말 잇는다.

"올뺌아, 네가 굴 밖에 있어도 내가 굴속에 있다고 반복적으로 말하면, 언제부턴가 굴속에 갇혀버린 네 자신을 발견하게 될 거야."

"정말?"

"그래서 말인데……."

대장 너구린 여태껏 볼 수 없던 진지한 낯빛으로,

"올뺌아, 바람이 날개깃털을 뒤집어놓아도 똑바로 날 수 있겠어?"

전구눈올빼미는 답한다.

"도전하는 거야. 날아오르려면 바람을 탈 수밖에 없어."

대장 너구리는 고갤 끄덕였다. 이내 생각난 듯,

"그런데 토끼로 변신한다 해도 어떻게 용궁에 갈 수 있지?"

올빼미는 대답 대신 미소를 지어 보였다.

5
용궁 여행

 파도가 굽이치는 바닷가에는 거북이가 외로이 떠돌고 있었다. 토끼에게 귀를 빼앗기고, 용왕님께도 밉보인 거북은 풀죽은 모습이다.
 "거북아, 거북아!"
 이게 웬일? 토끼가 입에 당근을 물고 뛰어오고 있다.
 "아니, 토끼야?"
 거북은 깜짝 놀랐다.
 "뭘 그렇게 놀라니?"
 "날 피하는 게 아니었어?"
 "네게서 이 좋은 당근 귀도 얻었는데, 왜 널 피하겠어?"
 거북은 버릇대로 귀를 쓰다듬으려다가 허전해진 빈자리를 느끼며, 겸연쩍게 웃는다.

"그렇지만 난 네 간을 노렸잖아."

"잉어한테 얘기 들었어. 너도 어쩔 수 없어서 그런 거잖아."

"이해해주니 고마워. 그런데 가까이 다가오지 마."

"왜?"

"너를 잡아다가 바닷물로 첨벙 들어갈지도 몰라."

토끼는 손에 든 당근을 한입 베어 물고는 선웃음 짓는다.

"근데 안 그럴 거지?"

토끼로 변신한 전구눈올빼미는 내심, 거북이가 당장이라도 그래 주길 바랐다. 보란 듯이 거북에게 접근하며, 등갑을 만져본다.

"근데 넌 등갑이 참 크고 단단하구나."

"저리 가! 날 유혹하지 마."

거북은 그렇게 말하며 돌아섰다. 전구눈올빼미는 애써 미소 지으며 묻는다.

"그런데 용왕님은 내 간이 왜 필요했던 거야?"

"그건 나도 몰라."

"어떻게 너마저 모를 수 있지?"

"그건 용궁의 특급 비밀이야. 나도 네 간을 얻어오라고 명령만 받았어. 생포해오면 더욱 좋고!"

"그럼, 나를 용궁에 데려가주지 않을래?"

"뭐어?"

거북이는 소스라치게 놀라며 토끼를 쳐다보았다. 토끼의 생김새가 예전보다는 어딘지 많이 달라 보인다. 빨갛게 된 토끼의 눈이 예전보다 훨씬 커 보였다.

"으음……?"

'꼴깍!'

토끼 행세를 하고 있는 전구눈올빼미는 둔갑한 것을 들킬까 봐 가슴이 조마조마하다.

"내……내 얼굴에 뭐라도 묻었어?"

혹시라도 거북이가 알아차렸나 싶어, 올빼미는 부리가 바싹 타들어 가는 기분이다.

거북인 고개를 천천히 가로저으며,

"나라면 누군가 내 간을 노리고 있는 곳엔 절대로 발 들여놓지 않을 거야."

올빼미는 짐짓 태연하게,

"용궁을 구경하고 싶어. 그리고 용왕님이 필요하다는데 가만히 있는 것도 예의에 어긋나는 것 같아."

"예의? 죽는 마당에 그런 게 무슨 소용이야!"

"간을 꺼내면 죽나?"

"당연히 죽지! 배를 가르는데……"

"의사들이 수술하느라 환자 배를 가르기도 하잖아."

"그렇다 해도 간을 빼내면 당장 죽게 될 거야."

"넌 도대체 누구 편이야?"

올빼미는 버럭버럭했다. 갑자기 화내는 토끼를 보며, 거북은 눈을 동그랗게 뜬다.

"넌 용왕님을 모시는 신하잖아. 내 간을 노릴 때는 언제고, 왜 이제 와서 내 편을 드는 거야?"

"넌 나를 이해해 줬잖아. 그러니 우린 친구야."

"뭐~어?"

전구눈올빼미는 이때다 싶어, 씹고 있던 당근을 땅바닥에 내동댕이쳤다. 생전 먹어본 적도 없는 당근을 먹으니, 차라리 개똥을 먹는 게 나을 성싶다. 그렇지만 거북이가 친구로 여긴다는 말에는 딱히 대꾸할 말이 떠오르지 않았다.

올빼미는 그 말이 고마우면서도 답답하다.

"좋아, 정 그렇다면 내가 헤엄쳐 들어가지."

"넌 수영도 못하잖아?"

"잠수 할 줄 알거든!"

"그건 그냥 가라앉는 거지. 설혹 잠수한다 해도 용궁은 어떻게 찾아갈래?"

"무……물어서 찾아가면 되지."

"뭐? 허허헛……"

올빼미 말에 거북이가 코웃음 친다.

"묻긴 누구에게 물어? 바닷속에 아는 이도 없으면서……. 상어가 먼저 옳다구나! 달려들겠다."

올빼미는 인상을 찌푸렸다. 거북이와 입씨름하느라 벌써 한 시간은 지난 것 같다. 속에서 조바심이 나는 걸 억누르며,

"안 되겠다. 해변을 산책할 거야. 꽃게나 망둥이라도 만나면

네가 용왕님을 배신하고 내 편을 들었다고 말할 거야. 그럼 너는 잉어처럼 바다에서 헤엄칠 수 없겠지. 아니, 화가 난 용왕님이 오히려 네 배를 가르려 할 걸."

"정말이야?"

"내가 못할 줄 알아?"

"아니, 정말로 용왕님께 간을 바치고 싶은 거냐고"

"물론이야. 내 간을 바칠 만하다면, 그럴 수도 있지 않겠어?"

거북이는 머뭇거린 끝에 고갤 끄덕인다.

"알았어. 네 뜻이 그렇다면 어쩔 수 없지. 자, 내 등에 타!"

거북이가 등갑을 내밀었다. 서둘러 올라타려는데……,

"잠깐 기다려!"

"왜?"

거북은 등 뚜껑을 마치 자동차 트렁크 문처럼 스르르 열었다. 절로 탄성소리가 나온다.

"와! 대단한 걸."

"이제 들어가."

"오~"

전구눈올빼미는 감탄하며 거북이 몸통 안에 들어갔다. 조심스레 웅크려 앉으니, 등 뚜껑을 닫으며 거북이 힘주어 말한다.

"그럼, 가볼까?"

"그래, 용궁으로 출발!"

거북이는 파도가 굽이치는 바다로 뛰어들었다. 시원한 물살이 거북의 몸을 적신다. 그 느낌이 올빼미에게도 전해져 여간 신기한 게 아니다. 거북의 몸통 안은 조금 비좁긴 해도 꽤나 아늑했다. 물 한 방울 안 새고, 숨도 충분히 쉴 수 있을 만큼 공기도 넉넉하다.

얼마나 갔을까! 올빼미는 몸을 뒤척였다.

"아직도 멀었어?"

"아직 반도 못 왔어."

"그래? 아휴……."

올빼미의 한숨 소리가 밖으로 새나왔다. 사실, 전구눈올빼미는 바닷속이 어떻게 생겼을까! 너무나 궁금하다. 난생 처음 바다 속에 들어왔는데, 구경도 하지 못하는 것이 안타깝다. 올빼미의 마음을 알았는지 거북이가 조용히 속삭인다.

"너에게만 알려주는 건데……, 내 머리 방향으로 조그만 구멍이 하나 있을 거야."

"구멍?"

"응, 열쇠 구멍 같은 게 있어."

올빼미는 거북이 머리 쪽 벽을 더듬어 보았다. 거북의 말대로 조그만 열쇠 구멍이 있다.

"거기에 눈을 대 봐."

전구눈올빼미는 호기심에 가득 차 구멍에 눈을 대보았다. 그러자 신기하게도 거북이의 눈을 통해 바깥 풍경을 볼 수 있다. 무수히 많은 고기 떼가 헤엄치는 바닷속을 바라보며, 절로 탄

성 소리가 나온다.

"와~ 대단한걸!"

"어때? 괜찮지?"

"괜찮은 정도가 아니라, 정말 굉장해! 꿈에도 상상하지 못한 광경이야."

"벌써 감탄하긴 일러. 용궁은 더 대단하거든."

거북이가 팔다리를 쭉 뻗어 헤엄치니, 산호 숲이 눈앞에 펼쳐진다. 형형색색의 산호들이 무성하게 늘어서 저마다의 생김새를 뽐내었다. 어느덧 바닷속 한가운데 커다란 누각이 솟구쳐 있는 궁궐이 눈에 들어온다.

"오~"

궁궐 너머로 아름다운 진주가 알알이 박힌 거대한 종탑이 모습을 드러냈다. 마치 신전을 연상시키는 화려한 종탑을 바라보며, 전구눈올빼미는 할 말을 잃는다.

"와~"

거북이 비밀스럽게 속삭인다.

"마지막으로 묻겠어."

"응, 뭘?"

"지금이라도 늦지 않았어. 토끼 네가 원하면……"

거북이가 말을 채 끝마치기도 전에 누군가 거북의 눈을 가리고, 굴속으로 끌고 들어갔다.

"거북아? 무슨 일이야?"

거북의 눈이 가려지자, 전구눈올빼미의 눈앞도 캄캄해졌다.

6
그대는
마법사?

 서서히 앞이 보이기 시작한다. 거북이 몸통에서 꺼내져 어딘가에 묶인 것 같은데, 워낙 경황이 없어, 어떻게 된 일인지 알 수가 없다.
"아, 여긴……?"
 자신이 수술대 위에 묶여 옴짝달싹할 수 없다는 것을 알아챈 올빼미는 언제든지 주문 외울 준비를 했다. 바닷가재와 함께 해마가 방으로 들어온다.
"이곳까지 오느라 고생 많았다."
바닷가재가 날카로운 집게발을 싹둑거리며 다가온다.
"잠깐, 지금 무얼 하려는 거야?"
토끼 올빼미가 다급하게 물었다.

"무얼 하긴? 네 간을 꺼내려 하지."

"먼저 용왕님을 보게 해줘!"

"네 간은 용왕님을 볼 수 있을 거야."

바닷가재가 집게발을 치켜든다.

'번쩍!'

바닷가재의 집게발에서 섬광이 번뜩였다. 올빼미는 서둘러 주문을 외운다.

"변화무쌍한 너구리 정령이여. 나를 본래 모습으로 바꾸어 주소서. 리·너·구"

재빨리 주문 외웠지만, 토끼 올빼미의 몸은 변하지 않았다. '리구너'인데 '리너구'라고 잘못 주문했음을……, 그 사실을 깨닫고 다시 한번 외워보려 하지만, 이미 때는 늦었다.

바닷가재의 날카로운 집게발이 막 배에 닿는 것이 느껴진다.

"엇? 이게 뭐야!"

토끼의 배를 가르려다 말고, 바닷가재는 흠칫 놀라 뒤로 물러났다. 수술대 위의 토끼가 갑자기 날개 달린 새가 되어버린 것이다. 옆에 있던 해마도 두 눈을 휘둥그레 떴다.

"웬 놈이냐?"

다행히 시간이 다 되어 저절로 마법이 풀린 것을 알아차린 전구눈올빼미는 안도의 한숨부터 쉬었다.

"아이고! 25년 감수했네."

"누구냐고 물었다."

"난 지상의 맹금류, 부리부리 올빼미다."

토끼의 몸에서 벗어나, 본래의 모습을 되찾은 전구눈올빼미는 자유롭게 날아다닐 수 있게 되었다.

"올빼미가 어떻게 토끼 모습을 할 수가 있었지?"

"용왕님을 만나게 해주라."

전구눈올빼미는 날개를 퍼덕이며 말했다.

"요상한 놈이로다. 감히 용왕님을 능멸하려 드느냐? 여봐라! 밖에 아무도 없느냐? 이놈을 잡아라."

바닷가재의 말이 끝나기가 무섭게, 투구 게들이 들이닥친다. 전구눈올빼미는 게들의 집게발을 피해 요리조리 날아다녔다. 옆걸음만 걸을 수 있는 투구 게들을 피하는 것은 죽은 쥐 잡는 것보다도 쉬웠다.

"어……?"

그러는 사이 투구 게 한 마리가 뛰어올라, 올빼미의 가느다란 다리를 낚아챈다.

"아얏! 어딜 감히……."

전구눈올빼미는 부리로 쪼았다. 투구 게의 투구가 벗겨지면서 바닷가재가 그것을 밟고 넘어진다. 올빼미는 달려드는 투구 게들을 넘어진 바닷가재 쪽으로 유인했다. 그러자 마치 도미노처럼 바닷가재의 몸에 걸려 투구 게들이 줄줄이 쓰러졌다.

가재와 게들의 집게발이 엉킨 실타래처럼 설키고 얽힌다.

"멈춰라!"

보다 못한 해마가 조그만 앞발을 치켜들며 말했다. 이내, 투구게들은 행동을 멈추고, 밑에 깔린 바닷가재가 비명을 질렀다.

"아이고, 나 죽네! 비켜라. 이놈들아."

올빼미는 수술대 위에 사뿐히 내려앉아, 긁힌 다리죽지를 호호 불었다. 해마가 청아한 목소리로 말한다.

"모두 행동을 멈추고, 올빼미를 대우하라."

해마가 다가와 정중한 태도로 묻는다.

"그대 정체는 대체 무엇인가?"

전구눈올빼미는 생각보다 일이 커진 것 같아 뜨악했지만, 가슴을 펴고 말했다.

"보면 모르시오? 부리부리 반짝반짝 올빼미 마법사!"

"미안하게 됐소. 날 따라오시게."

전구눈올빼미는 해마의 뒤를 따라 용궁 안으로 들어갔다. 달팽이 집처럼 둥글게 나선으로 올라간 황금 계단이 더없이 화려하다. 계단을 오르니 용이 조각되어 있는 커다란 문이 나타났.

문이 얼마나 거대한지 그 앞에 줄지어선 꼴뚜기 문지기들이 보이지 않았다.

"용문을 열어라."

문지기 꼴뚜기가 묻는다.

"옆에 날개 달린 동물은 무엇입니까?"

"내가 보증한다. 용문을 열라."

"네이~"

꼴뚜기 문지기가 용문을 열었다. 용왕님이 눈부신 옥좌에 앉아 있는 광경이 펼쳐진다. 새우들이 가느다란 팔다리로 용왕님의 양옆에서 부채질을 하고 있었다.

"하암~"

 용왕님은 자기 머리보다 큰 왕관을 썼는데, 육중한 왕관에 짓눌려 목이 주저앉을 것 같다.

"하암~"

 마침, 용왕님은 재판을 하고 있는 중이다. 왕관 무게 때문인지 입을 벌려 하품했다.

"해마 의원, 마침 잘 왔군. 하암!"

 연신 하품하던 용왕님은 해마가 들어온 것을 보고는 반갑게 맞는다.

"판결 중에 방해가 되어 죄송합니다."

"아니야, 어찌나 많은 사람들이 바다에 빠져 죽는지, 이런 재판도 지겹던 참이야! 그런데 옆에 날개 달린 짐승은 무언고?"

"마법에 능한 자이온데, 용왕님을 뵙고 싶어 합니다."

"그래? 자, 해마 의원이 왔으니 이제 그만 하라."

"미룰 수 없는 재판이 하나 있습니다."

 오징어 판사가 굽히지 않고 제 목소릴 냈다. 용왕은 성가신 표정으로,

"뭔데 그래?"

"어서 죄인을 대령하렷다."

다짜고짜 명령 내리는 오징어 판사를 보고, 용왕님은 고갤 절레절레 흔든다.

"어허, 저놈의 오징어……."

판사의 명에 의해 죄인이 재판장에 끌려나온다. 눈이 양옆으로 쭉 찢어진 가자미 검사가 죄인을 심문한다.

"네가 인당수에 몸을 던진 심청이가 맞으렷다."

"네, 그러하옵니다."

"앞길이 구만리 같은 젊은 것이 어찌 인생을 비관하여, 스스로 목숨을 끊었단 말이냐?"

"아닙니다. 소녀, 눈 먼 아버지의 눈을 뜨게 하기 위해……"

"네 말이 참으로 가당찮구나. 아무리 고귀한 희생이라도 생명을 우선할 때에 가치가 있는 법이다."

심청 옆에 불가사리 변호사가 어설프게 끼어든다.

"이……이의 있습니다."

"기각합니다. 죽으면 보아도 소용없고, 눈 뜬 아버지가 찾는다면 가슴부터 미어지지 않겠습니까?"

"그야 그렇지!"

육중한 왕관 무게에도 불구하고, 절로 고갤 끄덕이며 용왕은 맞장구치듯,

"아주 괘씸한 지고……."

성마른 용왕은 오징어 판사를 향해 명한다.

"더 볼 거 없다. 무거운 형량을 내려라."

심청과 불가사리 변호사는 할 말이 없어보였다. 오징어 판사가 판결하길,

"제 목숨을 함부로 여기는 심청에게 용법 최고형을 선고한다."

불가사리 변호사가 다섯 개의 발을 오므리며 통사정한다.

"아이코, 용왕님! 소녀를 굽어 살펴주옵소서."

"시끄럽다. 이제 다들 물러가거라."

오징어 판사가 또 끼어든다.

"안 됩니다. 미룰 수 없는 재판이 더 있습니다."

"오징어 판사, 이제 그만하자고!"

"중요한 일입니다."

"아까는 하나만 더하자 하지 않았는가?"

오징어 판사는 역시나 혼자서 무턱대고……,

"뭐하느냐? 어서 죄인을 들라 하라."

"예이~"

용왕은 옆머릴 긁적이며 한숨 쉰다.

"어허~ 참!"

기다리는 틈에 용왕은 올빼미의 큰 눈을 바라보았다.

"그래, 마법사라고?"

전구눈올빼미는 기왕 이렇게 된 거 밀어 붙이기로 결정했다. 따지고 보면 엄연한 마법사 아닌가! 너구리 변신술을 쓸 수 있는…….

"네, 그렇습니다."

"보았지? 용왕이란 어려운 거야. 맘대로 할 수 있는 게 없어."

"제아무리 중요한 일이라도 약속이 먼저이지 않을까요?"

"고래?"

한대 얻어맞은 표정으로 용왕은 갸웃거리더니 묻는다.

"혹시 내게 용건이라도 있느냐?"

용왕님 물음에 올빼미가 당차게 답한다.

"토끼 간이 필요한 이유를 말해주시겠습니까?"

"뭐라? 그 일을 네가 어떻게……?"

용왕은 휘둥그레 눈뜨며 소리친다.

"여봐라! 모두 물럿거라."

용왕의 목소리는 해금 소리같이 간드러지고 가늘어서, 좌중은 용왕님이 무슨 말을 했는지 잠시 생각해보는 눈치다.

"용왕님이 말씀하셨다. 모두 물러가거라!"

바닷가재가 근엄한 목소리로 명을 내리자, 비로소 용궁 안 바다동물들이 빠져나가기 시작한다.

"용왕님, 중요한 재판이 있다고 하지 않았습니까?"

오징어 판사가 걸고 넘어졌다.

"오징어 판사, 자꾸 이럴 거야?"

"그래도 할 건 해야 하지 않습니까?"

"너 자꾸 이러면 꼴뚜기 옆에 둔다."

그 말에 반박하지도 못하고 오징어 판사는 몸을 흐느적거리

며,

"소인 이만 물러나겠습니다."

황급히 사라지는 오징어의 뒷모습을 바라보며 용왕은 혀를 끌끌 찼다.

"참내, 판사인 제가 할 것이지……. 꼭 나만 시켜."

오징어가 물러나는 것을 보며, 눈이 옆으로 째진 가자미 검사도 심청을 질질 끌고는 퇴장한다.

이윽고 궁 안에는 전구눈올빼미와 해마, 그리고 부채 부치는 새우들만 남았다.

"용궁의 특급 비밀이거늘, 네놈 따위가 어찌 그 사실을 알고 있단 말이냐?"

올빼미는 인상을 찌푸렸다. 소프라노 가수보다 더 높은 음을 내는 용왕님의 말소리가 알아듣기 힘들었다.

"용왕님이 지금 뭐라 하셨소?"

해마 의원이 옆에서 통역해준다.

"용궁의 특급 비밀을 올빼미 댁이 어찌 아는가 하문하셨소."

올빼미는 지그시 부리를 깨물며,

"우선, 토끼 간이 왜 필요한지부터 알려주십시오."

용왕은 곁눈질로 올빼미의 행색을 살피며,

"알면 도와주겠느냐?"

"그만한 가치가 있다면, 제 목숨이라도 바치겠습니다."

"허허! 금방 무엇보다 제 목숨을 소중히 해야 한다는 인당수 심청의 판결이 있었음인데……."

"제 말은 그만한 의미가 있다면, 열과 성의를 다해 뛰어들겠다는 다짐입니다."

"다짐……?"

"네, 어찌 그만한 결심과 각오 없이 큰일을 할 수 있겠습니까?

"그만한 결심이라……"

용왕은 고개를 들어 먼 곳을 묵새겨 바라보았다. 그리곤 한층 차분해진 목소리로 말 잇는다.

"내게는 여식이 하나 있네. 사람들은 내 딸을 인어공주라 하지."

용왕은 더 이상 말하기 힘들다는 듯, 해마에게 눈짓을 보냈다. 용궁의 중신이자, 의사인 해마가 낭랑한 목소리로 자초지종을 설명한다.

"인어공주님이 몹쓸 병에 걸렸소. 공주님의 병을 치료하려면 토끼 간이 필요하오."

올빼미는 곰곰이 생각해 보았다. 그러고는 해마에게 되묻는다.

"인어공주의 병을 고치기 위해 토끼 간이 필요한 게 확실해요?"

"확실하오."

"공주님은 어떤 병에 걸리셨소?"

"그……그건 마음의 병이오."

올빼미는 반쯤 눈뜨며, 해마를 쳐다보았다.

"해마 의원은 토끼 간으로 이와 같은 병을 치료한 적이 있소?"

"어……없소."

"병명도 모르고 그전에 치료해 본 적도 없는데, 토끼 간으로 치료할 수 있다고 확신하다니……."

청문회에 끌려 나온 정치인처럼 해마는 진땀 흘렸다. 아무 대답도 못 하는 해마를 보며, 올빼미가 꾸짖는 목소리로,

"나도 마음의 병이 있다오. 과도한 호기심으로 밤잠을 이루지 못하는 병이 있는데, 이 또한 토끼 간으로 치료 가능하겠소?"

올빼미 말에 해마가 갑자기 용왕님 앞에 무릎 꿇는다.

"사실, 인어공주님은 입술을 빼앗기셨습니다."

"뭐라? 공주가 입술을 빼앗겼다고? 어떻게?"

펄쩍 뛰어오를 것 같은 태도로 용왕님이 물었다. 해마가 답한다.

"얼마 전, 인어공주님이 스파게티 왕국의 왕자를 구해 준 적이 있습니다. 바다 한복판에 빠진 왕자를 끌어내어 공주님이 인공호흡을 해주었습니다."

"뭐라? 그놈의 왕자 이름이 무엇이냐?"

"스파게티 왕국의 봉골레 왕자라고 합니다."

용왕님은 무릎을 탁 치며,

"오호라, 과연 공주가 입술을 빼앗겼구나!"

"공주님은 의식을 잃고 쓰러졌습니다. 저는 108문어 마법사를 찾아갔지요."

"108문어가 뭐라 하더냐?"

"공주님을 구하기 위해선 세 가지 방법이 있다고 하였습니다."

"그것이 무엇이냐?"

만담처럼 주고받는 해마와 용왕님의 대화를 조용히 들으며, 전구눈올빼미는 눈을 게슴츠레 떴다.

해마가 청아한 목소리로 말한다.

"마법사 108문어가 말하길, 첫 번째 방법은 왕자의 심장을 찔러

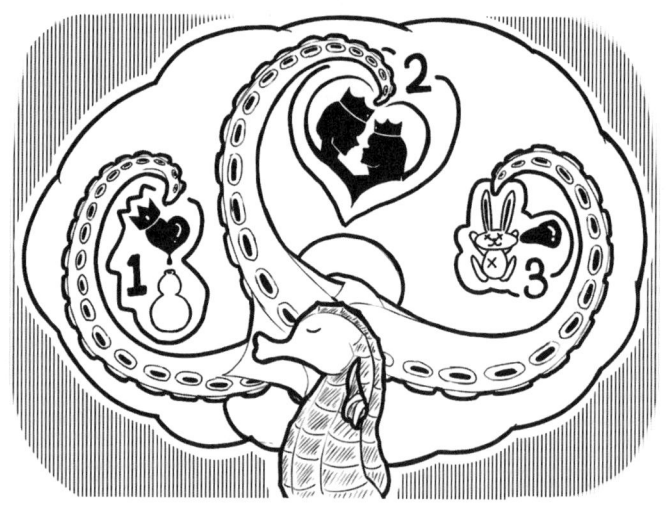

피를 빼내어 호리병에 담아오는 것입니다. 두 번째는 공주님이 왕자의 진심 어린 키스를 받는 것이고, 세 번째는 토끼 간으로 왕자의 심장을 대신하는 것입니다."

"오호, 그래? 그대는 이 사실을 왜 소상히 말하지 않았던 것이냐?"

"시간이 촉박하였기에 자세히 말씀드리지 못하였습니다. 108 문어는 세 가지 방법 중에 하나라도 이루어져야 공주님이 살 수 있다고 했습니다."

"이런 다급한 일이 있는 줄도 모르고 나는 한가롭게 재판이나 하고 있었구나! 그렇다면 시간이 얼마나 남은 것이냐?"

"이제 딱 사흘 남았습니다."

곰곰이 이야기 듣던 전구눈올빼미는 눈을 반짝이며 해마에게 묻는다.

"잠깐! 해마 의원, 내 생각엔 인어공주와 봉골레 왕자가 서로 입맞춤하는 것이 가장 쉬운 방법 같은데! 안 그렇소?"

"그것이 가장 어렵소."

해마가 침통한 표정으로 답했다. 용왕님이 답답하다는 듯 묻는다.

"뭐가 그리 어렵다는 것이냐?"

"일단 진심 어린 입맞춤을 해야 하는데, 진심인지 아닌지 알 수가 없습니다."

해마의 대답에 올빼미는 양 날개로 팔짱 끼며 묻는다.

"생명의 은인인데, 행여나 왕자가 공주님한테 거짓으로 입맞춤하겠소?"

"그……그게…… 왜냐하면……."

"뭔데 그래?"

용왕의 다그침에 해마가 비통한 표정으로 답한다.

"봉골레 왕자는 이웃나라 공주와 사랑에 빠져 있습니다."

용왕은 화를 참지 못하고, 기어이 옥좌 위에서 펄쩍펄쩍 뛰었다.

"뭣이 어쩌고 저째? 이런 배은망덕한 놈이 있나! 봉골레인지 스파게티인지 어디 있느냐? 내 그놈의 나라에 용을 풀어 온통 불바다로 만들 것이다."

용왕님이 방방 뛰는 바람에, 가냘픈 새우들이 부채와 함께 날아간다. 해마가 목소리 높여 고한다.

"고정하십시오. 용왕님!"

"네가 나라면 고정이 되겠느냐?"

"봉골레 왕자가 이웃 공주에게 빠져든 건 그만한 이유가 있어서입니다."

"이유라니? 그 공주는 누구냐?"

"짜파구리 왕국의 나구리 공주라 하옵니다."

"어떤 이유든, 내 그것들을 용서치 않으리라."

용왕은 분을 참지 못하고 또다시 펄쩍 뛰었다. 해마가 처연한 목소리로,

"제 말을 들어 보십시오. 인어공주님이 구해준 왕자를 처음 발견한 이가 나구리 공주입니다. 왕자는 나구리 공주의 정성 어린 간호로 눈을 떴습니다. 당연히 봉골레 왕자는 짜파구리 왕국의 공주가 자신의 목숨을 구한 줄로 알고 있습니다."

"아!"

용왕님과 올빼미는 동시에 탄식을 터트렸다. 잠시 멈칫하던 용왕님은 쓰러질 듯 주저앉으며 땅을 쳤다.

"아이고, 인어공주야~"

용왕님 머리에서 왕관이 떨어뜨리어져 바닥에 구른다.

"그럼 어쩐단 말이냐? 우리 인어공주는…… 으흐흑 히이힝!"

용왕님은 기어이 울음을 터트렸다. 용왕님 울음소리는 마치 야생마가 들판을 달릴 때 내는 소리와 비슷했다.

"아이고, 히이힝~"

눈물콧물 쏟으며 용왕님이 통탄한다.

"아이고~ 우리 인어공주야! 봉골렌지 봉걸레인지 은혜를 모르는 놈한테 입술을 빼앗겨서……, 히힝~ 내 이놈을 어찌할꼬? 히이힝 히힝!"

전구눈올빼미는 골똘히 생각에 잠겼다. 용왕님의 기괴한 울음소리가 생각을 방해하려는 듯 귓가를 왕왕 때렸지만, 올빼미는 초연한 눈빛으로 해마를 바라본다.

"혹시라도 봉걸레 왕자의 심장을 꺼내기 위해 시도해 보았소?"

"봉골레요! 봉걸레가 아니라."

"어찌되었든 다른 방법을 써보았냐고?"

"써봤지."

해마 의원은 힘없이 끄덕이며,

"마음이 백옥 같은 우리 인어공주님이 극구 반대하셨소. 그리곤 쓰러지셨지."

"공주는 지금 어디 있소?"

"108문어의 마법궁, 대왕조개 안에 계시오."

7
인어공주와 108문어

 현란한 야광 빛을 발하는 대왕조개가 입을 벌리자, 인어공주의 아름다운 자태가 드러났다. 두 눈을 감은 인어공주의 얼굴은 천사의 얼굴을 조각해 놓은 것 같다. 상아처럼 새하얀 얼굴은 눈부실 정도로 아름다웠다.
 '보골보골…… 송송!'
 대왕조개가 내뿜는 공기 방울에 인어공주의 지느러미가 살며시 떨렸다. 고운 비단에 형형색색 빛나는 산호로 수놓은 것 같은 인어공주의 지느러미가 무척이나 이채롭다. 지느러미의 아름다운 문양을 살펴보던 전구눈올빼미는 잠시 현기증을 느낀다.
 "오셨어요?"

 마법사 108문어가 나타났다. 자그만 항아리를 엎어놓은 것 같은 몸통에 8개의 다리가 달려있다 그리고 저마다 부드럽게 나달거리는 문어발 끝에는 매니큐어를 칠한 것처럼 초승달 모양의 예쁜 선분홍색 장신구가 매달려 있었다.
 "토끼 간을 구해왔나요?"
 칭얼거리듯 108문어가 해마 의원에게 물었다. 고개를 가로젓는 해마를 보며 108문어는 금세 풀죽은 얼굴이 되었다. 올빼미는 108문어의 나달거리는 여덟 개 다리에 눈을 뗄 수 없었다. 생전 처음 보는 생명체의 모습은 진귀하다 못해 신비롭다.
 "그게 모두 다리요?"
 108문어도 난생 처음 보는 올빼미가 신기하긴 마찬가지,
 "나보다 댁의 생김새가 더 이상하지 않아요?"

"좋은 의미로 말한 거요. 다리가 여덟 개면 참 편리할 것 같아서……."

"저도 좋은 의미로 말한 거예요. 낯선 이를 통해 새로운 세계를 경험한다는 건 참으로 신나는 일이죠."

전구눈올빼미와 108문어는 서로를 뚫어져라 쳐다보며, 약속이나 한 듯 고갤 끄덕였다.

"그런데 당신은 왜 108문어인가요?"

"제 다리에는 총 백여덟 개의 빨판이 달려있어요. 그리고 하나의 빨판은 한 가지의 마법 알약을 만들 수 있답니다."

아기가 칭얼대는 듯한 목소리로 108문어가 답했다.

"오, 그렇다면 당신은 108가지의 마법을 부릴 수 있는 건가요?"

"네, 그런 셈이지요."

전구눈올빼미는 108문어의 둥근 눈동자를 바라보았다. 108문어도 올빼미의 눈동자를 마주 보았다. 108문어는 올빼미의 눈빛이 참으로 맑다고 생각했다. 전구눈올빼미도 108문어의 눈망울이 이보다 청초할 수 없다고 생각했다. 그렇잖아도 닭살같이 피부가 오돌토돌한 해마가 몸에 닭살 돋는다는 표정으로 끼어든다.

"공주님이 저 모양인데, 둘이 지금 뭐하는 거요?"

"어험……."

해마의 꾸지람에 올빼미는 괜히 헛기침 했다. 그러고는 시선을 돌려, 먼 데 있는 산호 숲을 바라본다. 그제야 108문어가 사는 마법궁이 어떤 곳인지 눈에 들어왔다. 아름다운 산호들이 병풍처럼 마법궁을 둘러싼 광경을 둘러보며, 올빼미는 속으로 생각했다.

'이렇게 아름다운 곳에 사는 이는 마음도 아름다울 거야!'

그러는 사이, 108문어가 해마에게 보채듯 말하는 소리가 들려온다.

"그렇지만 토끼 간을 구해주겠다고 약속했잖아요?"

"교활한 토끼가 쏙 숨어버려서……"

해마는 면목이 없는지, 괜히 주변을 어슬렁거렸다. 전구눈올빼미는 어린 아이처럼 칭얼대는 듯한 108문어의 기묘한 말버릇이 이상하게도 듣기 좋다.

"내 생각엔 왕자님의 입맞춤을 받아내는 것이 가장 좋은 방법이라 여겨지는데, 어찌 생각하나요?"

올빼미 물음에 항아리 같은 허리를 우아하게 흔들며, 108문어가 대꾸한다.

"그렇게만 될 수 있다면 얼마나 좋겠어요. 그렇지만 그건 불가능하답니다."

"할 수 없다 포기하는 순간, 정말로 불가능해지는 겁니다."

"그렇지만 인간의 마음엔 어떤 마법도 통하지 않아요."

"꼭 마법이 아니어도 진실을 마주하면 마음을 열 수 있을 겁니다."

108문어는 인어공주를 가리키며 천천히 입을 연다.

"때론 진실은 잔혹하지요. 공주님은 입술이 사라지는 병에 걸렸어요."

그리 보니 대왕조개 안에 누워있는 인어공주는 입술이 없었다. 입술이 있어야 할 곳에는 실금 같은 자국이 있을 뿐이다.

"인어공주의 입술을 찾으려면 어떻게 해야 하나요?"

"왕자님의 마음을 돌려놔야 해요. 아시겠지만 지금 봉골레 왕자는 이웃나라 공주와 사랑에 빠져 있으니까요."

올빼미는 생각에 잠겼다. 불가능을 가능으로 만드는 것이 능력이라 생각했다. 그렇지만 사람의 마음을 돌려놓기란 아마도 세상에서 가장 어려운 일일 것이다. 어쩌면 불가능한 일이 아닐까!

'반짝~'

잔혹한 불가능으로 채워진 세상에 실마리를 주듯, 아까부터 108문어가 허리춤에 차고 있는 작고 반짝이는 물체가 눈에 들어왔다.

"그건 무엇이죠?"

"의식을 잃기 전까지 공주님이 손에 꼭 쥐고 있었어요."

108문어는 허리띠를 풀어, 물건을 건네준다. 전구눈올빼미는 그것을 꼼꼼히 살펴보았다.

"황금으로 만들어진 조개 같아요."

108문어의 말대로, 황금으로 만들어진 그 물건은 조개 모양으로 섬세하게 세공되어 있었다.

"이걸 끝까지……, 손에 쥐고 있었다고요?"

올빼미는 황금조개를 인어공주가 손에서 놓지 않은 이유가 궁금했다. 자세히 살펴보니, 황금조개에는 눈에 보일까 말까 한 조그만 단추가 있었다. 단추를 눌러보니 조개의 뚜껑이 열린다.

"오, 이것은……?"

황금조개 안의 작고 앙증맞은 화살표가 북쪽을 가리키고 있다.

"어머나! 이건 인간들이 쓰는 나침반이라는 거예요."

"나침반? 그럼 어느 쪽이 남쪽인가요?"

108문어가 도톰한 입술을 예쁘게 오물거리며 답한다.

"올빼미, 당신이 있는 쪽!"

황금조개 나침반을 사이에 두고 둘은 다시금 눈이 마주쳤다. 전구눈올빼미는 108문어의 눈동자가 참으로 어여쁘다고 생각했다. 수정구슬 속에 발레리나가 춤을 추며 꿈꾸는 듯한 눈망울이랄까!

"어험~"

옆에서 지켜보던 해마가 헛기침한다. 108문어는 한걸음 물러나 수줍게 얼굴을 붉혔다. 전구눈올빼미는 황금조개 나침반을 들어 보이며 힘주어 말한다.

"이거라면 불가능한 일을 가능하게 만들 수 있을 것 같군요."

108문어는 여전히 알 수 없다는 표정, 옆에 있던 해마가 끼어든다.

"가능하겠소? 어떻게 육지 왕자가 바다 공주에게 입맞춤 할 수 있단 말이지?"

해마의 물음에 올빼미는 씩씩하게 답한다.

"사흘째 되는 날, 인어공주를 바다 위로 떠오르게 하세요."

"정말 그럴 자신 있소?"

전구눈올빼미는 108문어를 향해 양 날개를 펼쳐 보이며,

"108문어님, 나를 인간으로 바꾸어 줄 수 있겠어요?"

"인간으로요?"

"왜 그리 놀라지요?"

108문어가 양옆으로 허리를 흔들며 답한다.

"세상의 어떤 마법도 인간이 아닌 것을 인간의 모습으로 바꿀 수 없어요. 제가 아는 백여덟 가지 마법을 몽땅 써도 불가능해요."

그러고 보니, 대장 너구리도 비슷한 말을 했던 것이 기억났다. 대장 너구리는 인간은 몸에 털이 없어서 인간으로 변신하는 것이 불가능하다고 말했었다. 그리고 언젠가 인간의 머리털을 손에 쥐고 둔갑술을 부렸다가 끔찍한 일을 겪었다는 사연도 털어놓았다.

"인간만큼 어려운 동물은 없어. 인간은 털이 머리에만 있잖아? 그래서…… 아이코, 쿨럭쿨럭!"

얘기하려던 순간, 하필이면 마른기침을 심하게 하는 바람에 말이 끊겼다.

"그래서 무슨 일이 있었는데?"

"아이고, 알 거 없어. 그냥 인간은 피해. 무조건! 그쪽으론 방귀도 뀌지 마."

올빼미는 대장 너구리와 나누었던 이야기를 떠올리며, 부리를 지그시 깨물었다.

"꼭 인간이 되어야 합니다. 방법이 없을까요?"

108문어는 잠시 머뭇대다가,

"한 가지 방법이 있긴 한데……."

"무엇이죠?"

"혹시, 늑대인간이라는 말을 들어본 적이 있는지요?"

"늑대인간?"

"네, 늑대들은 보름달이 뜨는 날이면, 인간으로 변신할 수 있다고 전해져요."

"그렇게 말하는 건 확신이 없다는 뜻인가요?"

"네……에, 저도 돌아가신 문어 할머니에게서 들은 얘기라."

108문어는 말끝을 흐렸다. 올빼미는 눈썹을 찌푸리며,

"그럼 안 되겠네요. 확실하지도 않은 일에 모험을 걸 순 없어요."

해마가 볼록 튀어나온 배를 내밀며 말한다.

"확실합니다. 내가 보장하겠소."

"네? 무슨 근거로?"

"내 몸을 보시오."

올빼미와 108문어는 해마의 작고 앙증맞은 몸을 둘러보았다.

"뭐…… 특별한 건 없는데?"

그나마 특별한 게 있다면 긴 주둥이와 뽈록 튀어나온 똥배랄까! 해마는 내보란 듯 가슴을 펴며,

"나도 한때는 용이었소."

"아?"

108문어가 입을 방긋댔다. 해마는 소싯적 무용담을 읊듯이,

"용이었던 시절, 무수한 마법을 펼치며 세상을 탐험했지. 늑대에게 보름달 마법을 알려준 게 바로 나요."

올빼미는 해마의 작고 통통한 똥배를 들여다보며,

"정말요? 그럼 왜 이렇게 쪼그라든 겁니까?"

"젊을 때 마법을 너무 낭비해서……, 이제는 늙고 힘없어 이리 볼품없게 되었다오."

해마의 말을 듣고 전구눈올빼미는 확신에 차서,

"108문어님, 제게 마법 알약을 주세요."

"어떤 알약을 원하시는데요?"

8

늑대 인간

 거북이는 속았다는 것에 삐쳤는지, 올빼미를 태우고 오는 내내 아무 말이 없다. 몸속 구멍도 몇 번을 조른 끝에야, 간신히 열어주었다.

"거북아, 미안해."

"뭐가?"

"그냥 이것저것……."

"싱겁긴!"

 어느덧 해안가에 도착한 거북이는 등 뚜껑을 열었다.

"올빼미야, 우리 인어공주님을 살려주기만 하면 무엇이든 다 해줄게."

 전구눈올빼미는 거북이 등갑에서 폴짝 뛰어내리며 답한다.

"대가를 바라고 한 일이 아니야."

"그래도……. 네가 원하는 거 다해줄게."
 거북이가 앞 손을 잡으며 간청했지만 올빼미는,
 "정말이야, 오히려 지금까지 놀라운 경험을 하게 해준 네게 고마운 마음이야."
 불현듯, 귀가 없어져 버린 거북이 얼굴이 맹숭맹숭하다.
 "근데 거북아, 귀가 없어져서 어떡하니?"
 "괜찮아. 덕분에 이렇게 바위로 변신할 수 있게 되었어."
 거북이는 머리와 팔다리를 몸 안으로 쏙 집어넣어 보였다. 그 모습이 영락없는 바윗덩이 같다. 올빼미는 거북을 바라보며 못내 미안하다. 토끼 간을 구해야 한다는 절박한 사연이 있는 줄도 모르고 소리 지르며 구박했던 지난날이 떠오른다.
 '휙-'
 거북이가 팔다리를 빼내어 본래 모습으로 돌아오기도 전에, 올빼미는 날갯짓하며 힘껏 날아올랐다.
 "꼭 성공해야 해!"
 저 밑, 모래사장에서 거북이가 외치는 소리가 들려왔다.
 '휘잉~'
 난다는 건 언제나 즐거운 일이다. 토끼 몸을 빌어 답답한 거북 속에 있어보니 날개를 휘저으며 날 수 있다는 것이 이렇게나 고맙고 값진 일이란 걸 새삼 느끼게 된다.
 '휘잉~'
 싱그러운 바람에 수풀 향이 묻어났다. 전구눈올빼미는 늑대가 출몰한다는 바위숲으로 날아갔다. 인간들의 목장을 피해 늑대들은 서식지를 바위숲으로 옮겼다고 한다.

바위숲 근처에 늑대 한 마리가 돌아다니는 것이 눈에 들어왔다. 때마침, 가시덤불에 늑대의 털이 달라붙는다.

'옳거니!'

올빼미는 가시덤불에 내려앉아 늑대 털을 손에 넣었다. 어느덧 어두워진 밤하늘을 우러르면,

'역시! 하늘은 스스로 하고자 하는 이를 돕는군.'

둥근 보름달이 떠 있었다. 올빼미는 늑대 털을 보름달에 들어 보이며 신비 주문을 외웠다.

"변화무쌍한 너구리 정령이여. 나를 털의 주인과 같은 모습으로 바꾸어 주소서, 리·구·너!"

스멀스멀 몸에 변화가 일어나기 시작한다. 날개깃털이 없어지고, 몸이 커지면서 가죽이 나고 털이 자라났다.

"아울, 아우우우~"

어엿한 늑대의 모습을 한 전구눈올빼미는 소리 높여 늑대 울음소리를 냈다. 그 소릴 듣고 늑대 한 마리가 다가온다. 검붉은 갈기를 곧추세우며, 송곳니를 드러냈다.

"못 보던 놈인데, 누구냐? 넌?"

전구눈올빼미가 머뭇거리고 있을 때, 수풀 사이에 있던 또 다른 늑대가 모습을 드러낸다.

"떠돌이 늑대구나."

그렇게 말한 늑대는 곱상한 얼굴에 살굿빛이 나는 고운 털을 휘날리고 있었다. 올빼미는 자신도 모르게 떨었다. 호랑이만큼 무섭다는 늑대 두 마리에게 둘러싸인 기분이 두렵기만 하다.

"너 떨고 있냐?"

"겁쟁이 늑대구나!"

올빼미는 아래턱이 떨리는 걸 억누르며 어렵게 소리 낸다.

"너희들 무리에 나를 받아주겠니?"

"우린 동족은 공격하지 않아."

"그렇지만 떠돌이 늑대를 받아들이지도 않지."

두 늑대는 올빼미를 뒤로 하고, 자신들의 무리가 있는 곳을 향해 달려갔다. 그들을 뒤쫓으며 올빼미가 통사정한다.

"부탁이야, 너희 무리에 끼워줘."

검붉은 늑대가 으르렁거린다.

"저리 가! 두목 늑대의 눈에 띄기라도 하면 네 목숨은 장담할 수 없어."

"두목 늑대는 무서운 분이야?"

전구눈올빼미는 살굿빛 늑대를 바라보며 물었다.

"아니, 우리 아버진 자상하신 분이지. 다만 무리를 이끄느라 책임감이 강할 뿐이야."

"아, 네 아버지가 두목 늑대구나!"

전구눈올빼미는 우두머리 늑대의 딸을 만나게 된 것이 다행이라 생각했다.

"네 아버지를 만나게 해줄 수 있겠니?"

"두목님은 호랑이와 맞서도 물러서지 않는 분이야. 죽고 싶지 않다면 냉큼 꺼져."

검붉은 늑대가 개 짖듯이 왈왈 짖었다. 전구눈올빼미는 기세에 눌리지 않고,

"용맹하다고 무서운 건 아니지. 강한 힘을 지닌 이는 틀림없이 친절할 거야."

살굿빛 늑대가 입가에 부드러운 미소를 띠우며 대꾸한다.

"그건 맞아. 아버진 용맹하고 친절하신 분이지. 그렇지만 우린 중요한 의식에 참여하러 가야 해."

"중요한 의식이라니?"

올빼미가 살굿빛 늑대에게 다가서려는 순간, 검붉은 늑대가 으르렁거리며 막아선다.

"얼쩡거리지 말고, 냉큼 사라져!"

전구눈올빼미는 겁에 질려 순간 뒷걸음쳤다. 검붉은 늑대는 살굿빛 늑대를 이끌고는 사라졌다. 살굿빛 늑대는 험악한 검붉은 늑대에게 마지못해 끌려가는 것 같다.

"휴~"

홀로 남겨진 올빼미는 몸을 웅숭그렸다. 늑대에 대한 막연한 두려움이 서늘한 밤공기와 함께 등허리를 타고 흐른다.

'나 지금 겁먹은 건가? 아휴, 떨리네!'

전구눈올빼미는 고개 들어 밤하늘을 쳐다본다. 잔별 넘어 둥

근 보름달이 은은하게 빛나고 있었다. 보름달은 마치 108문어의 다정한 얼굴처럼 보인다.

"이것이 필요할 거예요."

108문어는 포악한 늑대 무리 속에 끼어들려면 필요할 거라며, 마법 알약을 주었다. 올빼미는 알약을 만지작거리며 다시금 용기를 낸다. 두 늑대가 사라진 흔적을 쫓아 달렸다.

늑대의 발자국을 따라 한참을 가니, 큰 개활지가 나타났다. 때마침, 멀지 않은 곳에서 늑대들의 울음소리가 들려온다.

"아울……아우우우……."

전구눈올빼미는 나무 뒤로 몸을 숨겼다. 조금 있으려니 늑대 무리가 나타난다. 늑대 무리는 개활지에 둘러앉았다. 좀 전에 보았던 살굿빛 늑대와 검붉은 늑대도 보인다. 몸집이 다른 늑대에 비해 월등히 큰 두목 늑대가 갈기를 휘날리며 무리 중앙에 우뚝 섰다.

"오늘이 바로 그날이다. 우리들 중에 선택받은 늑대는 인간이 된다. 선택 받은 늑대는 인간의 모습으로 있는 동안, 늑대의 생존을 위해 힘써야 한다. 알겠는가?"

두목 늑대를 둘러싸고 늑대들이 일제히 울음소릴 냈다.

"아울……아우우우…… 아울……"

올빼미는 늑대 울음소리를 이렇게 가까이서 듣기는 처음이다. 소름이 끼치도록 무섭기도 하지만 구성진 울음소리가 어쩐지

애잔하기도 하다.

"자, 그럼 검붉은 늑대는 나오너라."

 검붉은 늑대가 갈기를 한껏 부풀려 세우며 중앙에 섰다. 두목 늑대가 의식을 진행하며 엄숙한 목소리로,

"그대는 인간의 모습으로 변신할 것이다. 늑대 형제들의 생존과 안전을 위해 힘을 다하겠는가?"

"네."

"임무를 완수하고 돌아오면 내 딸과 짝지어 주겠다. 받아들이겠는가?"

 검붉은 늑대는 살굿빛 늑대를 돌아보았다. 살굿빛 늑대는 시선을 회피했다. 검붉은 늑대는 아랑곳하지 않고 허공을 향해 소리 지른다.

"아울…… 아우울!"

 의기양양한 검붉은 늑대에 비해, 살굿빛 늑대는 어딘지 슬퍼 보였다. 늑대들은 검붉은 늑대를 중앙에 두고 의식을 행했다.

"아울…… 아우우……"

 더는 안 되겠다 싶어, 전구눈올빼미는 108문어가 준 알약을 꺼내들었다. 그러고는 알약을 땅바닥에 내려놓고 소리쳤다.

"말 달리는 소리."

 올빼미가 알약에 대고 명령하자, 말 달리는 소리가 우렁차게 흘러나왔다.

"총소리!"

올빼미가 '총소리'라고 명하자, 이번에는 '탕탕탕!' 요란한 총소리가 났다.
"개 짖는 소리."
 금세 '컹컹컹 컹컹!' 개 짖는 소리가 밤하늘에 요란하게 울려 퍼진다. 전구눈올빼미도 가만히 있지 않고, 여기저기 뛰어다니며 개 짖는 소리를 흉내 냈다. 덕분에 총소리, 개 짖는 소리가 사방에서 메아리치며 울려 퍼진다.
"늑대 사냥꾼이다."
 늑대 무리는 당황했다. 말발굽 소리와 개 짖는 소리가 요란한 게, 사냥꾼들이 작심한 듯 떼로 몰려오는 것 같다. 두목 늑대가 외쳤다.
"사냥꾼이다! 모두 피하라."
 늑대들은 우르르 도망갔다. 전구눈올빼미는 마법 알약을 그대로 두고, 이들의 뒤를 쫓았다. 우왕좌왕 갈피를 잡지 못하는 늑대들을 향해 올빼미가 소리친다.
"이리로 오세요. 제가 안전한 곳을 알아요."
 두목 늑대와 무리는 떠돌이 늑대의 뒤를 쫓았다. 전구눈올빼미는 대나무 숲을 지나, 냇가를 가로질러 안전한 곳으로 늑대들을 이끌고 갔다.
 때마침, 소리를 내는 마법 알약이 효력을 잃어, 말발굽 소리, 개 짖는 소리가 더는 들리지 않게 되었다. 달리는 것이 익숙지 않은 덕에 숨을 몰아쉬는 올빼미 앞에 두목 늑대가 나타나 묻는다.

"어찌한 거냐?"

"말은 덩치가 커서 대나무가 빽빽하게 나 있는 숲을 통과할 수 없어요. 그리고 냇가를 가로질러서 개들이 냄새 맡고 추적하는 걸 피할 수 있었지요."

"처음 보는 얼굴인데, 꽤나 고마운 일을 해 주었구나."

고마워하는 두목 늑대의 표정을 살피며, 전구눈올빼미는 회심의 미소를 지었다. 그때였다. 양미간 사이에 불꽃 모양처럼 하얀 털이 나 있는 늑대가 뛰어오며, 소리 질렀다.

"큰일 났습니다. 살굿빛 늑대 아씨가 올가미에 걸렸습니다."

두목 늑대의 표정이 일그러졌다. 예기치 않은 사고에 올빼미는 덜컥 겁이 났지만 내색하지 않고 사고 현장으로 달렸다. 불꽃 이마 늑대를 따라 수풀 속으로 들어가니, 그곳엔 살굿빛 늑대가 올가미에 걸려 공중에 붕 떠 있었다.

"흑~ 너무 아파요."

날카로운 철사줄이 그녀의 한쪽 다리를 단단히 옭아매고 있었다. 늑대들은 살굿빛 늑대를 끌어 내리려고 허둥거렸다. 불꽃 이마 늑대가 힘을 다해 뛰어올라, 철사를 이빨로 잡아 뜯었다.

그렇지만 늑대들의 노력은 모두 헛수고로 돌아갔다. 오히려 점점 옥죄는 올가미 때문에, 살굿빛 늑대의 고통은 점점 커졌다.

전구눈올빼미가 소리쳐 말한다.

"뒤로 물러나세요. 벗어나려 할수록 올가미는 더 강해집니다."

 올빼미는 민첩하게 늑대들에게 지시했다.

 "탑을 쌓고 살굿빛 늑대를 들어 올리세요. 먼저 올가미부터 풀어야 합니다."

 올빼미의 말에 따라, 늑대들은 살굿빛 늑대의 밑으로 탑을 쌓았다. 자연스럽게 살굿빛 늑대의 몸이 들어 올려져, 올가미가 느슨해진다. 올빼미는 불꽃 이마 늑대의 등을 타고 올라 상처 부위를 살폈다. 다리가 찢기긴 했지만, 큰 부상은 아니었다.

 "가만있어. 두렵다고 떨면 될 일도 되지 않아."

 올빼미는 먼저 살굿빛 늑대를 진정시켰다. 그리곤 올가미를 풀기 위해 집중했다. 부리나 발톱이 아닌 늑대의 앞발로 올가미를 푸는 것이 생각보다 어렵다.

 "괜찮겠는가?"

 조바심 섞인 목소리로 두목 늑대가 묻는다.

 "걱정하지 마십시오."

 전구눈올빼미는 이마에 흐르는 땀방울을 훔치며, 풀어낸 올가미를 들어 보였다.

 "오? 올가미를 풀었는가!"

 올빼미는 자랑스러운 듯 올가미를 땅에 내던졌다.

 "와~ 올가미를 풀었다. 떠돌이 늑대가 살굿빛 늑대를 구했다."

 늑대들은 환호했고, 불꽃 이마 늑대가 살굿빛 늑대의 상처를 부드럽게 핥아준다. 두목 늑대는 큰 빚을 진 것처럼 끙끙댔다.

"참으로 고맙네! 부탁이니 자네에게 보답할 수 있게 해주게."

"보답을 바라고 한 일이 아닙니다."

"부탁이네. 자네의 소원이 무엇인가?"

"소원이요? 마땅히 생각나는 게 없습니다."

전구눈올빼미는 짐짓 갸웃거렸다. 곁눈질로 살피니 두목 늑대는 심히 난처한 기색이다.

"자네에게 진 마음의 빚을 어떻게 갚으라고 그러나? 소원이 무엇이든 들어주겠네. 잘 생각해 보게나."

두목 늑대는 덩치에 어울리지 않게 안절부절못했다. 쩔쩔매는 두목 늑대를 살피며 올빼미가 입 연다.

"그러고 보니 두어 가지가 떠오르는군요."

"그게 뭔가?"

"첫 번째는 따님이 원하는 상대와 짝을 지어 주십시오."

지금 순간까지도 살굿빛 늑대의 상처를 보살펴 주고 있던 불꽃 이마 늑대가 고개 들었다. 살굿빛 늑대의 입가에 수줍은 미소가 지나간다.

"헉헉, 어찌 되셨습니까?"

때를 같이 하여, 어디에 숨어 있다 이제야 나타나는지, 검붉은 늑대가 수풀 사이에서 기어 나온다.

"네 놈은 어디 있다가 이제야 나타나는 것이냐?"

두목 늑대는 검붉은 늑대를 보고는 콧방귀를 뀌었다. 사냥꾼이 온다는 소리에 제 혼자 살겠다고, 동료들을 팽개치고 달아나는 모습이 꼴불견이었기 때문이다.

"저 나름 무리들을 이끌려고……."

"시끄럽다. 이놈!"

두목 늑대는 그전에는 못마땅하던 불꽃 이마 늑대가 오늘만큼은 더없이 믿음직스럽다.

"그래! 자네 말대로 하겠네. 그렇지만 자네를 위한 소원이 아니지 않은가?"

두목 늑대는 떠돌이 늑대의 앞발을 꼭 잡으며 말했다.

"두목님, 그렇다면 두 번째 소원을 말씀드리겠습니다."

"그래, 무엇인가?"

두목 늑대뿐만 아니라 모여 있는 늑대 전부가 귀 기울였다. 올빼미는 나긋한 목소리로 명료하게 말한다.

"나를 인간으로 만들어 주십시오."

두목 늑대는 화들짝 놀랐다.

"뭐? 인간으로……?"

거절당할까 봐 긴장되는 것보다 늑대마저 인간이 될 수 없다고 하면 어쩌나! 하는 초조감이 더 크다.

"자네가 원한다면 그렇게 해주겠네. 그렇지만……."

올빼미는 두목 늑대가 다음에 무슨 말을 할지 궁금하다.

"다만, 우리의 오랜 전통에 따르면, 인간이 된 늑대가 다시 늑대의 모습으로 돌아오면 나의 자리를 이어받아야 하네. 내 딸과 짝을 맺고 말이야."

좀 전까지 다정하게 있던 살굿빛 늑대 아가씨와 불꽃 이마 늑대는 순간 얼음이 된 것처럼 굳어버렸다. 전구눈올빼미는 늑대를 신부로 맞아들인다는 생각에 눈앞이 캄캄해지는 것 같았다.

"네? 전통을 따라야 한다고요?"

올빼미는 잠시 궁리하는 척하다가 버럭 화를 냈다.

"그렇다면 첫 번째 소원을 들어주지 못하겠다는 말씀입니까?"

"그……그야 들어주지."

두목 늑대가 난처한 듯 중얼거렸다. 올빼미는 호통 치듯,

"확실히 말해주세요. 좀 전에 그렇게 하겠다고 하셨잖습니까?"

"그……그야 그랬지."

"그럼 따님에게 원하는 상대가 누구인지 물어보십시오."

살굿빛 늑대는 불꽃 이마 늑대 옆에 달라붙어 고개를 끄덕였다. 굳이 물어보지 않아도 살굿빛 늑대가 누구를 원하는지 알 수 있었다.

전구눈올빼미는 부리로 쪼듯 두목 늑대를 쏘아보며,

"설마, 어떤 소원도 들어주지 않겠다는 말씀은 아니겠지요?"

올빼미는 평소 같으면 감히 눈도 마주치지 못할 늑대 두목을 야단치는 것이 너무나 신기하고 재미있다. 우두머리 늑대는 말까지 더듬으며,

"오……오해네. 다만 우리의 전통이……, 그렇다는 것뿐이야."

두목 늑대는 고갤 절레절레 흔들었다. 떠돌이 늑대의 첫 번째 소원을 들어주자니 두 번째 소원을 지켜줄 수 없고 두 번째 소원을 들어주자니 첫 번째 소원을 들어주지 못하는 이러지도, 저러지도 못하는 난감한 상황에서 어찌할 바를 몰라 했다.

"자네들은 어떻게 생각하는가?"

두목 늑대는 다른 늑대들에게 물었다. 늑대들은 어떠한 일이 있어도 전통을 지켜야 한다는 쪽과, 전통이라는 미명 하에 자신들을 구한 은인과의 약속을 저버려선 안 된다는 쪽으로 나뉘어, 옥신각신 다투었다.

늑대들이 서로 다투는 모습을 지켜보며, 올빼미는 버럭 화를 냈다.

"빨리 결정하세요. 이러다 보름달 지겠습니다."

전구눈올빼미는 늑대들을 다그쳤지만, 사실은 너구리 둔갑술이 풀리기까지 시간이 얼마 남지 않은 것 같아서 심히 초조했다.

"그만!"

두목 늑대가 귀를 감싸고 돌아선다. 두목 늑대는 자기 딸이 원하는 상대와 짝지어지길 바랐다. 또한, 오랜 우두머리 경험으로 미루어 볼 때, 늑대 한 마리의 행복이 무리 전체의 이득이 된다는 것도 잘 알고 있었다.

"그만, 정말 이러다 보름달 지겠어."

두목 늑대가 말했지만 옥신각신 다투던 늑대들은 서로에게 열내느라 반응하지 않았다. 불꽃 이마 늑대가 소리쳐 말한다.

"두목님의 말을 따르시오. 때를 놓치면 정말 아무 것도 못하게 되는 거요."

불꽃 이마 늑대의 말에 아옹다옹 다투던 늑대들이 일제히 행동을 멈춘다. 두목 늑대는 앞으로 나서며,

"누구든 생명의 은인에게 좋은 것으로 보답하는 게 마땅하다. 전통을 내세워 서로를 옭아맨다면, 그것이 올가미를 쳐 놓은 인간과 다를 게 무엇이냐?"

두목 늑대의 위엄 있는 말에 누구도 대꾸하지 못했다. 한층 가벼워진 발걸음으로 올빼미에게 다가가며,

"그대의 소원을 들어주겠다. 단, 한 가지 조건이 있어."

올빼미의 눈동자가 마치 전구에 불이 켜졌다 꺼졌다 하는 것처럼 깜박였다.

"인간의 모습으로 있는 동안, 우리 늑대의 안전과 생존을 위해 힘써 주게."

올빼미는 말없이 고갤 끄덕였다. 두목 늑대가 무릴 향해 외친다.

"그럼, 의식을 진행하겠다. 모두 떠돌이 늑대에게 경의를 표하라!"

드디어 늑대들의 보름달 의식이 시작되었다. 늑대들은 올빼미

와 눈을 마주치며 한 마리씩 지나간다. 이 순간, 전구눈올빼미는 혹여나 마법이 풀려 본래 모습으로 돌아가면 어쩌나 싶어 가슴을 졸였다.

어느새, 늑대들은 떠돌이 늑대를 중심으로 큰 원을 그리며 섰다. 그리고 두목 늑대를 시작으로 하나둘씩 하늘을 우러러 울음소리를 낸다.

"아울……아우루루 아우우우…… 아울."

"떠돌이 늑대는 보름달을 보아라."

올빼미는 두목 늑대의 말대로 밤하늘의 둥근 달을 바라보았다.

'아울~ 달에게서 꽃이 피어난다.'

한 마리의 늑대 울음소리에 밤하늘의 달이 안개꽃처럼 피어났다.

'아울! 아우루……아울.'

또 한 마리의 울음소리에 달이 쪼개져 수많은 안개꽃이 피어난다. 늑대들이 울음소리를 낼 때마다, 마치 달이 분신술을 하는 것처럼 하나둘씩 늘어갔다. 점점 많아지는 달을 보며, 전구눈올빼미는 정신이 몽롱하다.

'아울…… 아우루루~ 아울!'

마침내, 늑대들이 일제히 울음소릴 터트리자, 세상이 온통 달로 채워진다. 수천 수만 개의 보름달은 섬뜩할 정도로 창백한 빛을 사방으로 퍼트렸다. 감히 셀 수 없을 정도로 많아진 둥근

달은 커다란 안개꽃 다발처럼 보였다. 밤하늘에 무수한 달들을 바라보며, 올빼미는 현기증을 느꼈다.

그때, 갑자기 밤하늘의 수많은 달이 쑥 내려앉는다. 전구눈올빼미는 달에 깔려 죽을 것만 같다. 의식이 아득해지며, 작은 안개꽃으로 흩어진 달 조각이 몸에 스며들었다.

9
인간 변신

어스름한 새벽녘, 전구눈올빼미는 누군가 자신의 얼굴을 핥고 있는 느낌에 잠에서 깼다. 눈을 떠보니, 늑대의 무시무시한 두 눈이 자신을 노려보고 있다. 깜짝 놀란 올빼미는 벌떡 일어나 기억을 더듬었다.

"늑대 두목……?"

올빼미는 버릇처럼 날개를 뻗었다. 그러나 뻗은 날개가 인간의 손이라는 걸 깨닫고는 화들짝 놀랐다. 손뿐만 아니다. 올빼미는 인간이 된 몸 전체를 어루만지며 두 눈을 동그랗게 떴다.

「자네가 인간이 되면, 더 이상 동물들의 언어를 알아들을 수도, 말할 수도 없을 거야!」

간밤에 두목 늑대가 했던 말이 떠올랐다. 과연! 두목 늑대가 무어라고 말했지만, 올빼미는 알아들을 수가 없다.

"……."

 다 이해한다는 듯 두목 늑대는 고갤 끄덕이며 돌아섰다. 저 멀리 두목을 기다리고 있던 늑대 무리들이 보인다. 살굿빛 늑대 아가씨 옆에 불꽃 이마 늑대가 이쪽을 바라보고 있다.
 올빼미는 그들을 향해 손을 흔들었다.
'안녕, 늑대들……'
 늑대들이 사라지고 난 뒤, 간밤에 있었던 일의 강렬한 잔상을 느꼈다. 냉혹하리만치 아름답던 밤하늘의 달이 수없이 떨어지던 광경이 생생하게 떠오른다.
'아! 이 느낌은 뭐지……?'
 올빼미는 불현듯, 추위를 느꼈다. 찬바람이 불어와 벌거벗은 몸에 서러운 감정을 남긴다.
'휘이잉~'
 전구눈올빼미는 손으로 어깨를 감쌌다. 손에 닿는 인간의 피부 감촉이 신기하다 못해 이상하다. 주변을 둘러보니, 수풀 위에 가죽옷이 보였다. 그제야 비로소 두목 늑대가 하려던 말이 옷을 입으라는 말이었다는 걸 깨달았다.
 올빼미는 두목 늑대가 준비해 준 가죽옷을 입었다. 입는 게 서툴러 바지에 팔을 집어넣기도 하고, 머릴 넣어야 하는 구멍에 다리를 집어넣기도 했지만, 결국엔 옷을 입을 수 있게 되었다.
'이 느낌, 이 따스함……!'
 가죽옷을 매만지며 올빼미는 따뜻함을 느꼈다. 살갗에 닿는 부드러운 털의 감촉이 기분 좋게 느껴진다. 손의 감각과 피부 감촉은 바람이 지나가는 흔적도 쫓을 수 있다.

'색이 보인다. 색이 살아있어!'

올빼미는 눈을 들어, 하늘을 우러렀다. 맑은 하늘빛이 참으로 곱다. 숲이 본래의 모습 그대로 천연색으로 보여 형언할 수 없이 아름답다. 동물일 때는 색맹이 심해 이렇게 아름다운 색깔을 보는 건 도저히 상상할 수도 없는 일이었다.

'스륵 스르륵……'

비록 인간의 귀는 예전처럼 민감하진 못해도, 가까이 있는 소리와 멀리 있는 소리가 어우러져 현장감 있게 들려왔다. 문득, 신선한 수풀의 향과 대지의 푸르른 향기가 달콤하게 느껴진다.

올빼미는 다리를 움직여 보았다. 인간의 몸이 익숙지 않아 뒤뚱거리기는 했지만, 두 다리로 걷는 느낌이 참으로 좋다. 걸음 옮기는 게 익숙해지자 냅다 뛰어본다. 얼굴에 시원한 바람을 맞으며 달리는 느낌이 참으로 상쾌하다.

'쿵쾅!'

가슴에서 심장 뛰는 소리가 들려왔다. 인간이 된 흥분과 벅찬 감정이 가슴 속에서 힘차게 맥동한다.

"야호, 얏호!"

전구눈올빼미는 벌판을 내달리며 환호성을 질렀다. 수풀 속에 숨어있던 사슴이 낯선 인간을 보고는 달아났다. 올빼미는 사슴을 불러내어 이야기하고 싶었다. 그러나 어찌된 일인지, 사슴은 겁에 질려 도망가기 바쁘다.

인간 올빼미는 멈추어 서서, 나무 위를 바라보았다. 새벽잠에서 깬 다람쥐가 자신을 외면하며, 냉큼 숨는다. 노래하던 새들은 멀리 날아가 버렸다.

"아……!"

올빼미는 처음으로 상실감을 느꼈다. 벌판을 달려 찾은 숲이 텅 빈 것 같다.

"아! 인간이 되는 것은 좋고도 슬픈 일이구나."

전구눈올빼미는 두 손으로 얼굴을 쓰다듬으며, 혼잣말을 뇌까렸다. 그때, 뒤쪽에서 인간의 발소리가 들려왔다. 올빼민 자신도 모르게 도망갈 궁리부터 했다.

"못 보던 사냥꾼인데, 누구시오?"

도망가려다 말고 발을 멈추었다. 전구눈올빼미는 인간의 말을 알아듣게 된 게 신기해서, 그를 마주보았다.

"그러는 당신은 누구입니까?"

뒤돌아본 남자는 도끼를 어깨에 짊어지고 있었다.

"난 나무꾼이오. 보아하니 사냥꾼 같은데, 이른 아침부터 웬일이오?"

"올가미를 확인하러 왔습니다."

전구눈올빼미는 시치미 떼고 답했다. 그러자 나무꾼이 얼굴을 붉히며 화를 낸다.

"올가미는 놓지 마시오. 차라리 총을 쏘시오."

"왜 그러십니까?"

"올가미에 걸려 고통 받는 동물을 상상해 보았소? 그렇게 잔인한 방법으로 사냥하다간 당신도 똑같은 벌을 받게 될 거요."

올빼미는 듬쑥해 보이는 나무꾼의 말이 듣기 좋았다.

"그렇게 하겠습니다. 그런데…… 부탁이 있습니다."

말과 행동이 이상할뿐더러 처음 만나자마자 대뜸 부탁부터 하는 사냥꾼이 영 탐탁지 않다.

"거 참, 초면에 부탁이라니……. 뭔데 그러시오?"

"밥 좀 주세요."

"밥?"

"네, 배가 고파서 쓰러질 지경입니다."

인간 올빼미는 정말로 배가 고팠다. 동물일 때는 일주일을 굶어도 허기가 느껴지지 않는데, 잠시 한두 끼니 걸렀다고 이렇게나 배고플 줄은 꿈에도 몰랐다.

"거참 딱하게 되었소. 나를 따라 오시오."

나무꾼과 함께 당나귀가 끄는 수레를 타고 얼마를 가니, 외딴집 하나가 나타났다. 전구눈올빼미는 나무꾼을 따라 집으로 들어갔다. 주방에서 꽃보다 향기로운 음식 냄새가 풍겨온다.

"와, 냄새 정말 좋다!"

전구눈올빼미는 난생처음 맡아보는 인간의 음식 냄새에 감탄했다. 할 수만 있다면 냄새를 손으로 만지고 싶다. 무언가를 만지는 것은 참으로 신기한 체험이었다.

'이건 도대체 뭐지?'

인간 올빼미는 집 안 곳곳의 물건들을 일일이 손으로 만져 보았다.

"그건 시계요."

하도 궁금한 게 있어 이리저리 살펴보고 흔들어보니, 듬쑥한 나무꾼이 말해주었다.

"시계?"

"분침과 시침, 시곗바늘이 시간 가는 걸 알려준다네."

"오~ 그럼, 시곗바늘을 빨리 돌리면 시간도 빠르게 가나요?"

나무꾼은 헛웃음을 터트렸다.

"허허, 고장 난 시계들도 많을 텐데, 시간이 모든 시계에 반응한다면 아무도 시간을 알 수 없지."

"그럼, 시간은 어디로 가나요?"

"응? 어디로 가냐니?"

나무꾼은 미소 지으며 말한다.

"시간은 흐르지만 어디로 가진 않아. 시간이 아쉬운 인간은 그 흔적을 쫓아 잡으려 하지만, 시간은 흔적도 없이 지나갈 뿐이네."

올빼미는 고갤 끄덕였다. 명확히 그 말을 이해할 수 없었지만 넌지시 헤아려진다.

"식사하세요."

나무꾼의 딸이 미소를 머금은 채 음식을 내왔다. 향기로운 음식을 들고 들어오는 그녀의 모습이 무척이나 아름다워 보였다.

"자, 앉지."

나무꾼은 식탁 의자를 빼내어 주었다. 인간 올빼미는 머뭇거리다가 의자 위에 발을 얹고 쪼그려 앉았다. 그러고는 식탁 위의 테이블보를 만져보기도 하고, 빈 접시를 집어 들고는 혀로 핥아본다.

나무꾼은 너털웃음을 터트리며,

"허허……, 그건 내려놓게."

내려놓은 접시에 나무꾼 딸이 소담스럽게 음식을 담아주었다. 올빼미는 한동안 눈치 살피다가, 새가 부리로 쪼아 먹듯이 접시에 얼굴을 파묻고는 정신없이 먹어 치우기 시작한다.

"이보게, 아무리 배고파도 숟가락으로 먹게나."

 나무꾼이 무슨 말을 하건, 개의치 않고, 올빼미는 접시에 코를 박고 열심히 먹어댔다. 사실, 숟가락이 무언지도 몰랐다. 무엇보다 인간이 먹는 음식이 이렇게 맛있으리라곤……,

"어떻게 이런 맛이 나는 거죠?"

 인간의 혀는 얼마나 탁월한지, 온갖 맛을 감지해내고 음미하는 능력은 가히 상상을 초월했다. 걸신스럽게 먹어치운 올빼미는 난로 앞에 불을 쬐었다.

"방금 염소 젖을 짰어요."

 나무꾼의 딸이 건넨 따끈한 우유를 마셨다. 우유 맛도 일품이지만, 훈훈한 열기를 전해주는 난토노 만족스럽다. 올빼미는 인간의 사소한 것 하나하나가 모두 마음에 들었다.

'저 불을 만지고 싶다!'

 올빼미는 활활 타는 열꽃에 손을 뻗었다.

"그렇게 불 가까이 손을 대면 안 되지."

 나무꾼의 말에 올빼미는 뜨거운 불길에서 얼른 손을 뺐다.

"자네는 참 이상해. 마치 방금 태어난 사람 같아."

"인간으로 산다는 건 참 대단한 일인 거 같습니다."

"허허, 그런가?"

 나무꾼의 딸이 장작을 내왔다. 딸을 보는 나무꾼의 표정이 딱딱하게 굳는다. 뭔가 고민거리라도 떠안은 표정이다.

"좋으시겠습니다. 아름다운 따님을 두셔서……."

"휴~ 그러면 뭐하나!"

한숨 쉬는 나무꾼을 보며, 올빼미는 눈을 가늘게 떴다.

"장한 자녀를 둔 게, 무슨 고민거리라도 되는 것처럼 말하시네요?"

"말도 말게. 이웃나라 짜파구리의 약탈이 얼마나 심해졌는지, 가축과 식량을 빼앗아가는 건 물론이고, 이제는 마을 여자들까지 노린다네."

"네?"

올빼미는 그 말을 믿을 수가 없었다.

"왕자님이 있는데요?"

"에고, 우리 왕자님은 아무것도 모른다네! 언젠가 짜파구리 나구리 공주는 우리들 땅까지 모두 빼앗아 갈 거야."

올빼미는 버릇처럼 고갤 갸웃거리며,

"왕자님을 만나려면 어떻게 해야 합니까?"

"응? 우리 같은 평민이 왕자님 같은 고귀한 분을 어떻게 만날 수 있다는 말인가?"

"평민?"

전구눈올빼미는 이해할 수 없는 말에 얼굴을 찡그렸다.

"만나지 못할 이유가 없잖습니까?"

"어휴, 답답한 소리만 하는군. 그러지 말고, 나와 함께 마을에 가세."

"마을에요?"

"오늘은 장이 서는 날이니, 나무를 팔아야지."

"거기 가면 왕자님을 만날 수 있습니까?"

"운 좋으면 왕자님 얼굴이라도 볼 수 있을 거야."

전구눈올빼미는 나무꾼을 도와 떠날 차비를 했다. 수레에 나무를 싣고, 당나귀에게 걸쇠를 맨다. 혹여나 당나귀와 말이 통할까 싶어 귓속말로 속삭여 보았다. 하지만 당나귀는 귀찮은지 파리 쫓듯 몸을 흔들 뿐이다.

"잘 다녀오세요."

먼발치에서 나무꾼의 딸이 손을 흔들며 배웅하고 있었다.

10
인형극을 꾸미다

 수레를 몰고 한참을 가니, 마을이 나타났다. 올빼미는 인간 마을을 이렇게 가까이서 보는 게 처음이었다. 여러 채의 집과 건물이 늘어서 있는 것을 보니 가슴이 설렌다.
"떡 사세요."
"신발 구경하세요."
 인간 마을은 신기한 볼거리로 넘쳐났다. 떡 팔러 나온 아낙네를 비롯해, 갖가지 물건을 진열해놓고 장사하는 상인들로 북새통을 이루었다. 대장장이가 뜨거운 화덕에 풀무질하며 연신 땀 흘렸다.
 수많은 사람들이 거리로 쏟아져 나와 흥정하고 먹고 마시는 모습을 보며, 전구눈올빼미는 인간의 삶이 부산하고 생동감 넘친다고 생각했다. 수레에서 나무를 내려놓고 나무꾼에게 묻는다.

"왕자님은 어디 있습니까?"

"또 왕자님 타령인가?"

"그분을 만나야 합니다."

나무꾼은 체념한 듯, 저 앞의 커다란 성문을 가리켰다.

"저 성문 너머 왕자님이 사시는 궁이 있네."

올빼미는 넙죽 절하고는 성문으로 달려갔다. 옷을 입은 건지 걸친 건지 알 수 없는 차림새로 뒤뚱거리며 달려가는 사냥꾼의 뒷모습을 보며, 나무꾼은 헛웃음을 삼켰다.

"허허, 참……"

성문으로 달려가니, 칼과 창으로 무장한 병사들이 지키고 있었다.

"왕자님 좀 불러주시겠어요?"

"뭐?"

문지기 병사들은 어이가 없는지 혀를 찬다. 그중에 한 병사가,

"그래, 불러줄게. 이 녀석아!"

잠깐 기다린 올빼미는 보채듯,

"언제 나와요? 왕자님은……."

"아니, 이놈이 장난하는 것도 아니고!"

"언제는 불러준다고 했잖아요? 아저씨야말로 장난해요?"

"왕자님이 네놈 친구라도 된다는 말이냐? 당장 꺼져라. 이놈!"

문지기 병사는 인간 올빼미를 번쩍 들어 내동댕이친다.

"아이코~"

올빼미는 땅에 엉덩방아를 찧고 한동안 꼼짝 못 했다.

'아! 본래 모습이었다면 훌쩍 날아올라 성벽을 넘으면 되는데…….'

올빼미는 아쉬움을 뒤로하고 물러났다.

'어쩐다? 평민은 왕자님을 만날 수 없다는 건가!'

때마침, 광장에서는 인형극 공연을 하고 있었다. 구경 온 사람들로 북적거렸다. 올빼미는 인간들을 헤집고 무대 중앙으로 뛰어들며 소리쳤다.

"왕자님 인형을 바다에 빠트리세요!"

"무슨 소리야? 당장 무대에서 나오지 못해?"

인형극단 단장이 올빼미를 향해 눈을 부라렸다. '우-' 지켜보던 관객들도 야유를 보낸다.

"이 나라와 왕자님이 위험에 처해 있습니다. 저를 믿고 따라 주세요."

전구눈올빼미는 인형 극단 단장에게 무언가를 내밀어 보였다. 기사단 휘장이다. 좀 전에 성문 지키는 병사들에게서 떼어낸 것이었다.

단장은 화들짝 놀라 단원들에게 알렸다.

"자, 이제부터 이 분의 말대로 인형극을 만들어라!"

인형 극단 단원들은 전구눈올빼미가 시키는 대로 인형극을 꾸미기 시작한다.

한편, 성문을 지키던 병사 중의 한 명이 몸을 뒤적였다. 옆의 병사가 묻는다.

"자네 왜 그러나?"

"거, 이상하네? 자네 혹시 기사단 휘장 보았는가?"

"그 중요한 걸 잃어버리기라도 했단 말인가?"

"분명히 여기 달아 놨었는데……, 이거 큰일인 걸?"

주변을 살피던 병사가 소리친다.

"엇? 저기, 좀 전의 그 괴상한 털북숭이 사냥꾼이 있어."

"어디? 망원경 좀 줘봐."

망원경으로 광장을 살펴보니, 방금 전에 보았던 털북숭이 사내가 무대 위를 휘젓고 있는 것이 보였다. 가슴에는 보란 듯이 기사단 휘장이 걸려있다.

"저놈이 제정신이 아니로군."

"어서 잡으러 가세!"

성문을 지키던 병사들은 올빼미를 잡으러, 광장을 향해 뛰었다.

한편, 인형극을 보던 관객들은 인어공주의 이야기에 너도나도 눈물을 참지 못했다.

"왕자님을 구한 인어공주는 쓸쓸히 죽어가고 있답니다."

전구눈올빼미는 구슬픈 목소리로 타고난 이야기꾼처럼 말했다.

"저놈 잡아라."

때를 같이 해 갑옷 차림의 병사들이 올빼미를 잡으러 들이닥친다. 올빼미는 병사들을 피해 달아나며 소리쳤다.

"여러분! 이 이야기는 실제로 일어나고 있는 일입니다. 비밀이 알려질까 두려워 짜파구리 병사들이 저를 잡으려 뛰어오고 있습니다."

군중들은 병사들의 길을 막아섰다. 올빼미는 틈을 타 도망친다. 매복해 있던 다른 병사가 밧줄을 휘두르며 따라온다. 광장을 벗어나 시장이 들어선 거리, 잡으려 하는 자와 잡히지 않으려는 자의 추격전이 시작된다. 수레가 멈추고 당나귀가 난동을 부린다. 지나가던 수레에 올빼미가 뛰어들어 당나귀 등을 밟고 점프했기 때문이다. 놀란 당나귀가 들썩거리는 바람에 상점 가판대가 쓰러지며 채소와 과일이 바닥을 뒹군다.

그처럼 긴박한 상황에도 올빼미는 땅에 굴러다니는 사과를 집어 한입 깨물었다. 하지만 미처 목구멍으로 넘기기도 전에 발목에 밧줄이 걸리고 만다.

"꽈당!"

올빼미는 목각인형 쓰러지듯 넘어졌다. 시장은 구경꾼들과 병사들이 뒤섞여 북새통을 이루었고, 소란을 살피던 장군이 다가왔다.

장군은 전쟁 영웅으로 사람들의 신망이 두터운 사람이다.

"무슨 일인가?"

"이놈이 기사단의 휘장을 훔쳤습니다."

올빼미는 숨넘어가는 목소리로 외쳤다.

"저는 왕자님께 진실을 말해야 합니다."

장군은 올빼미에게 묻는다.

"왕자님이 알아야 하는 진실이 무엇이냐?"

"시간이 없습니다."

"지금 말하지 않는다면, 평생 감옥에서 썩어야 할 것이다."

올빼미는 물러나지 않으며,

"지금 당장 왕자님에게 데려가주지 않으면 평생 후회할 일이 생길 겁니다."

당돌하기가 이루 말할 데 없는 털북숭이 사냥꾼을 보며, 장군은 괘씸하기보다는 흥미로웠다.

"좋다. 왕자님을 만나게 해주겠다. 하지만 시답잖은 일로 이런 소동을 벌인 것이라면, 그때는 네 놈의 목을 내놔야 할 것이다."

"알겠습니다."

올빼미는 자신만만하게 답했다.

11
놋쇠로 변한 황금조개 나침반

 왕자가 머무는 방의 문이 열리며 전구눈올빼미는 두 눈을 휘둥그레 떴다. 화려한 문양으로 수놓은 양탄자가 금방이라도 꿈틀대며 날아오를 것 같다. 고풍스러운 마호가니 책상에는 오래된 책과 함께 탐스러운 과일 바구니가 놓여있었는데, 과일 바구니에서 신선한 과일 향이 풍겨왔다.
 "오~!"
 창가 쪽에 자리한 망원경은 꿈을 꾸듯 천체를 바라보고 있었고, 정교하게 조각된 선박 모형은 지금이라도 거친 바다를 헤치며 해양탐사에 나설 것만 같다.
 "광장에서 소란이 있었습니다."
 왕자는 조각 같은 얼굴에 보석이 알알이 박힌 왕관을 쓰고 있었다. 그렇지만 핏기 하나 없는 새하얀 얼굴 때문에 얼음 나라의 왕자처럼 보였다.
"그 낯선 사내는 누구인가?"
왕자는 장군을 지나쳐 올빼미를 물끄러미 바라보았다. 왕자의 눈동자엔 윤기가 없고, 어쩐지 인형의 눈 같이 창백하다.
"목숨을 걸었다지? 나를 만나려고……"
순간, 왕자의 왕관에 박힌 여러 보석 중, 암갈색 보석이 유난히 도드라졌다. 그 보석은 뭔가 커다란 비밀이라도 숨긴 듯이 보였다.
"네놈이 목숨을 걸고까지 만나겠다고 한 이유가 무엇이냐?"
인간 올빼미는 두근거리는 가슴을 진정시키며 왕자에게 다가갔다. 왕자의 손가락에 낀 보석 반지가 섬뜩하게 빛나고 있었다.
"왕자님은 얼마 전, 바다에 빠져 목숨을 잃을 뻔하지 않으셨습니까?"
"네가 하고 싶은 말이 인어공주에 관한 이야기냐?"
"네, 그걸 어떻게……?"
"광장에 있던 소동을 다 지켜보았다. 저 망원경으로 말이야! 덕분에 네놈이 꾸며낸 천박한 인형극도 잘 보았지."
"그……그렇다면……."
"기사단 휘장을 훔친 것으로도 모자라 허무맹랑한 이야기로 백성들을 잘도 꾀더구나."
전구눈올빼미는 입이 바싹 타들어 가는 것 같다. 심장은 두근거리고 머리가 멍하다. 왕자님은 시선을 돌려, 장군을 노려보았다.
"장군, 이제 은퇴할 때가 된 것 같소. 어린애 장난에 놀아나는 꼴이라니! 부끄럽지도 않소?"

장군은 백지장처럼 얼굴이 하얗게 변했다. 관자놀이의 실핏줄이 터져나갈 것처럼 왕자가 큰소리친다.

"뭐 하느냐? 당장 이놈을 끌어내지 않고!"

왕자의 말에 근위병들이 방 안으로 들이닥친다. 올빼미는 황급히 물건을 내놓았다.

"왕자님을 살린 인어공주가 가지고 있던 것입니다."

왕자는 올빼미가 내민 황금조개 나침반을 집어 들었다. 흘깃 쳐다보던 왕자는 주머니칼을 꺼내어 나침반의 한쪽 모서리를 긁기 시작한다.

"흥!"

왕자는 비웃음을 흘리며 나침반을 보여주었다.

"기껏 이런 것으로 나를 속이려하다니, 어처구니가 없구나!"

황금 칠이 벗겨진 나침반은 녹슨 것처럼 변해 있다.

"그럴 리가 없습니다."

"네 놈 눈으로 똑똑히 보아라."

왕자는 바닥에 집어 던졌다. 나침반을 살펴보니 시커먼 놋쇠의 모습을 드러내고 있다. 왕자는 비웃으며,

"네놈은 내일 아침 해가 뜨는 것을 볼 수 없을 것이다."

근위병들이 끌어냈다. 올빼미는 끌려가지 않으려고 바둥거렸다.

"제가 말한 건 모두 사실입니다. 바다로 나가보십시오. 대왕조개가 떠오르고, 그 안에 인어공주가 있을 겁니다."

왕자는 미동도 하지 않았다. 그 모습이 숨이라도 쉬고 있는지 의심 갈 정도다.

"입 닥쳐라. 이놈!"

올빼미는 묶였다. 반항하고 싶어도 근위병들의 힘에 눌려 꼼짝할 수 없었다. 방을 나오려는데 안에서 요란한 소리가 난다.
'쾅쾅, 우당탕!'
 언뜻 왕자가 무언가를 때려 부수는 소리 같다. 의기소침해진 장군이 힘없는 목소리로,
"네놈 때문에 나까지 곤란하게 되었구나."
"왕자님은 원래 저런 분이십니까?"
"본래 지혜롭고 친절하신 분이야. 갑자기 저렇게 변하셨지 뭐냐."
 장군이 볼멘소리로 답했다. 순간, 동물적 육감으로 느껴지는 것이 있다.
'아! 이 음침한 기운은 뭐지?'
 전구눈올빼미는 머리가 욱신욱신 쑤시는 것을 느꼈다.

12
나구리 공주와
짱나 마녀

 짜파구리 왕궁의 나구리 공주 옆엔 짱나 마녀가 있었다. 마녀는 수정구슬을 통해 이 모든 광경을 지켜보고 있었다. 길고 기괴하게 구부러진 마녀의 손톱이 까딱인다.
 "어때요? 공주님! 제 말이 틀림없지요?"
 나구리 공주는 입꼬리를 씰룩이며 웃는다.
 "음 흐흐, 할멈의 신통력은 정말 대단해."
 나구리 공주는 수정구슬 속 왕자를 쳐다본다. 봉골레 왕자가 끼고 있는 반지는 감시 카메라와 같은 것으로 얼마 전, 공주가 왕자에게 선물로 준 것이었다.
 "왕자님 방을 엿보는 것이 아주 깨소금 맛이야."
 "원하신다면 더한 재미를 보여 드릴게요."

공주는 주먹을 꼭 쥐며,

"스파게티는 이제 내 거야."

"네, 당연하신 말씀을!"

"호호홋…… 오호홋"

나구리 공주는 느닷없이 수정구슬에 뽀뽀한다.

"난 왕자님이 너무 좋아."

"참 잘생겼지요?"

"무슨 수를 써서라도 봉골레 왕자를 차지하고 말겠어."

"제가 힘껏 도와드릴게요."

나구리 공주는 땡볕 같은 웃음을 터트린다.

"오호호, 까르륵~ 깔깔!"

짱나 마녀도 해골 같은 사각턱을 마구 떨며 웃었다. 두 사람의 간드러진 웃음소리가 담을 타고 흘러, 스파게티 왕국으로까지 퍼져나가는 것 같다.

한편, 궁전의 지하 감옥에 갇힌 전구눈올빼미는 깊은 한숨을 쉬었다. 지하 감옥에는 망나니들이 시퍼런 칼을 들고 호랑이처럼 어슬렁거렸다.

"지금 뭐하는 건가?"

감옥지기가 망나니들을 막아선다.

"자네들이 왜 여기 와서 난리야?"

"사형수가 있다고 들었습니다."

"오늘은 돌아가게. 형은 내일 집행될 걸세."

망나니들을 돌려보내며 감옥지기가 빈정거렸다.

"똥냄새 나면 파리가 꼬인다더니, 망나니들이 벌써부터 진을 치고 있네."

감옥지기는 인간 올빼미를 힐끔 쳐다보며,

"자넨 어쩌자고 죄를 저질렀나?"

"죄 지은 적 없습니다."

"그래, 여기 들어오는 죄인들이 다 그렇게 말을 하지."

툴툴거리며 감옥지기가 꿀꿀이죽을 내놓는다.

"사형수에겐 마지막 만찬을 차려주는 법인데, 자네에겐 어떤 자비도 허용하지 말라는 지시가 내려왔네."

남들이 보면 형편없는 음식이라고 욕하겠지만, 전구눈올빼미는 이보다 훌륭한 음식이 없는 것처럼 꿀꿀이죽을 맛있게 먹었다. 그 모습을 지켜보던 감옥지기는,

"아이고, 자네 모습을 보니 목이 메는군."

"네? 왜요?"

"아이코, 이 사람아!"

감옥지기는 눈물마저 글썽이며,

"미안하네. 마지막으로 차려준 음식이 꿀꿀이죽이라서……."

올빼미는 뭉클함을 느꼈다. 감옥지기의 젖은 눈망울에서 인간의 감정이 느껴진다.

'참 이상하단 말이야!'

돌이켜보니 왕자님 앞에서 말 한마디 제대로 하지 못한 자기

모습이 바보 같다.

'왕자님 방에 들어선 순간, 이상할 정도로 머리가 멍해지고 몸이 떨렸어.'

아무래도 왕자님의 왕관과 반지가 수상하다. (무슨 못된 마법에라도 걸린 거 아닐까!)

'난 이제 어쩐다지?'

생각이 그에 미치는 순간, 감옥 구석 갈라진 틈에서 쥐 한 마리가 벽을 타고 내려가는 것이 보인다.

전구눈올빼미는 방구석에 머릴 두고 엎드려 자는 시늉을 했다. 생쥐가 또다시 틈새 사이로 주둥이를 내밀며 기웃거린다. 때를 놓치지 않고, 올빼미는 손을 뻗어 쥐를 낚아챘다.

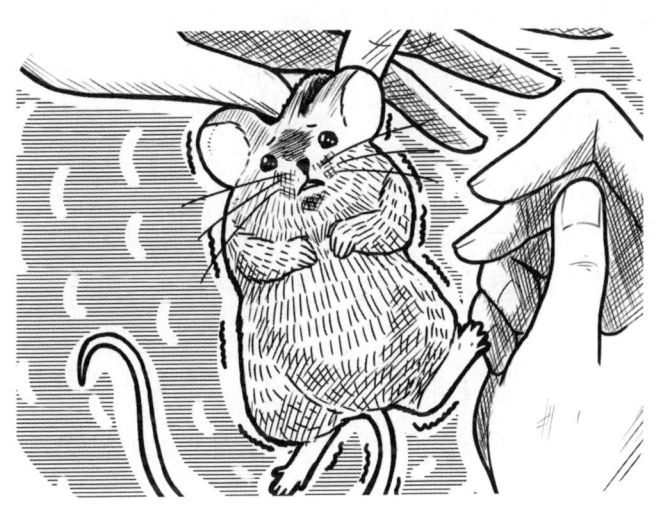

생쥐는 앞발을 바동거렸다.

"평소에는 맛좋은 저녁거리지만, 지금은 털 하나만 빌리겠다."

전구눈올빼미는 쥐털 하나를 뽑아든다. 그러고는 대장 너구리가 알려준 대로 신비주문을 외웠다.

"변화무쌍한 너구리 정령이여. 털의 주인과 같은 모습으로 바꾸어 주소서. 리·구·너!"

올빼미에게 잡혀있던 생쥐는 깜짝 놀라 발라당 자빠졌다.

"찌익! 찍찍!"

생쥐는 부들부들 떨며, 올빼미에게 큰절 올리듯 엎드린다.

"저를 살려주세요."

전구눈올빼미는 갑자기 향기로운 음식 냄새에 정신을 빼앗겼다. 쥐로 변신하니, 세상의 모든 것에서 맛있는 냄새가 풍겨오는 것 같다. 감옥 바닥에 널려 있는 지푸라기에서도 달콤한 치즈 냄새가 풍기는 듯하다.

"찍찍 찌익……"

전구눈올빼미는 이내 정신을 차리고 생쥐에게 말한다.

"왕자님 방으로 통하는 길을 알고 있느냐?"

"네."

"날 그곳으로 안내해라."

겁에 질린 생쥐는 금방이라도 쓰러질 것처럼 부들부들 떨었다.

"그런데 어떻게 인간으로 있다가 저와 같은 모습이 되셨습니까?"

그렇게 묻는 생쥐를 보며, 올빼미는 한낱 미물로만 여겼던 생쥐가 질문을 던지는 모습이 기특하기만 하다.

"허허 참! 그놈……"

"왜 웃으십니까?"

"아무 것도 아니다."

"왕자님 방으로 안내하면 저를 살려주시겠습니까?"

"그래."

"저를 따라 오십시오."

올빼미는 생쥐를 뒤따랐다. 생쥐는 벽을 타고 구멍을 잘도 찾아 요리조리 들어갔다. 올빼미는 익숙지 않은 쥐의 몸으로 날랜 생쥐를 쫓아가려니 힘에 부친다. 주둥이는 왜 송곳처럼 삐죽 나와서 여기저기 부딪치며 걸리적거리는 걸까!

"헉헉!"

얼마 가지 않아, 가쁜 숨이 쏟아져 나왔다.

"헉헉, 좀 쉬었다 가자."

전구눈올빼미는 뻗어 누웠다. 길 안내하던 생쥐는 상대가 생각보다 대단하지 않다는 걸 알고는 실망하는 기색이다. 바닥에 널브러진 올빼미를 내려다보며 생쥐가 당돌하게 묻는다.

"본래 인간이었습니까? 아니면 쥐였습니까?"

"나 말이냐?"

"찍찍."

생쥐는 대답 대신 찍- 소리를 냈다. 그 소리가 마냥 발칙하게 들린다. 전구눈올빼미는 잠시 생각했다. 이깟 생쥐에게 만만하게 보이면, 낭패를 겪을 수도 있겠다는 생각이 퍼뜩 든다.

"네 놈의 할아버지 쥐가 내 배 속에 있다."

"찍?"

생쥐는 눈을 휘둥그레 떴다. 전구눈올빼미는 얼른 말 바꾸어,

"나는 태초의 할아버지 쥐니라!"

"네? 태초의 할아버지 쥐요?"

생쥐는 고개를 갸우뚱거렸다.

"그래, 네 할아버지의 할아버지, 그보다 더 할아버지 쥐가 내 뱃속에 있느니라."

"어떻게 그리 오래 사실 수가 있죠?

"알 거 없고, 넌 그냥 왕자님 방까지 길 안내만 해주면 된다."

"찍!"

"그럼, 가 보자꾸나."

"찍찍……"

올빼미와 생쥐는 다시 길을 나섰다. 모퉁이를 돌려는데, 털이 시커멓고 몸집이 커다란 쥐 한 마리가 길을 막아선다.

"생쥐 1891호! 여기서 무얼 하느냐?"

"태초 할아버지를 모시고 왕자님 방으로 가고 있습니다."

"태초 할아버지? 그게 뭔데?"

"할아버지의 할아버지 쥐, 그보다 더, 더 할아버지가 태초 할아버지의 뱃속에 있답니다."

"그런 쥐가 어디 있어? 저 쥐야?"

"찍찍."

시커먼 쥐가 다가와 윽박지른다.

"요 녀석, 새파랗게 어린놈이 어디서 허풍을 떨어?"

올빼미는 기세에 눌리지 않으려고,

"무엄하도다. 네놈이 감히……, 아이코!"

시커먼 쥐가 머리통을 내리쳤다. 올빼미는 순간 눈앞에서 별이 곁눈질하고 지나가는 것을 보았다.

"얘들아, 이놈의 생쥐를 당장 잡아!"

험상궂은 쥐들이 전구눈올빼미를 사방에서 에워쌌다.

13
고양이 목에 방울을 달아야 해!

 세상의 모든 쉬를 모아놓은 것 같은 궁전의 지하 창고는 쥐들로 북적거렸다. 높은 단상에 앉은 우두머리 쥐들이 회의를 하고 있다.
"좋은 생각이 났다!"
 우두머리 쥐들 중에 머리털이 홀랑 벗겨진 대머리 쥐가 벌떡 일어나 소리쳤다.
"고양이로부터 우리의 안전을 지켜 줄 확실한 묘안이 떠올랐다."
"무엇입니까?"
"고양이 목에 방울을 다는 것이다."
"오, 과연! 참으로 좋은 생각입니다."
"와~"

칭찬하는 소리가 여기저기서 들려온다. 우두머리 쥐는 으쓱해져서 어깻죽지를 들썩였다.

"근데 누가 고양이 목에 방울을 달 것이오?"

앞니가 다 빠진 나이 많은 쥐가 불쑥 끼어들었다. 축제라도 벌일 듯 희희낙락하던 쥐들은 일제히 잠잠해진다. 몇몇 쥐들은 불평을 쏟아냈다.

"저런 바보 같은 생각은 고양이나 줘버리지."

"쟤네들 왜 저러냐? 실현 가능성 없는 허황된 말만 하고……."

우두머리 쥐는 무안했는지, 괜히 회의장 주변을 빙빙 돌아다니며 서성댔다. 그때, 시커먼 쥐가 전구눈올빼미를 앞세우고 들어온다.

우두머리 쥐가 낯선 생쥐를 보며,

"무슨 일인가?"

"사기꾼 쥐를 잡아 왔습니다."

"네놈은 무슨 짓을 저질렀느냐?"

시커먼 쥐가 우두머리 쥐의 귀에 속삭인다.

"자신을 태초의 쥐, 뭐 어쩌구, 할아버지의 할아버지 쥐, 그 할아버지의 할아버지 쥐의 할아버지 쥐라고 했습니다."

"뭐? 그런 말도 안 되는 소린 집어치워."

우두머리 쥐는 대뜸 올빼미의 볼때기를 꼬집는다.

"새파랗게 어린놈이 못하는 소리가 없군! 당장 이놈의 볼기짝을 내려친 다음에 감옥에 가둬라."

올빼미는 눈앞이 캄캄하다. 인어공주를 구할 시간도 부족한데, 한낱 쥐 감옥에 갇혀야 한다니……,

"쥐들아, 날 좀 그냥 내버려둘 수 없겠니?"

"뭐? 이놈 말이 왜 이래?"

우두머리 쥐는 시커먼 쥐를 돌아보며 황당하다는 표정이다. 시커먼 쥐가 귓속말로,

"살짝 정신이 나간 거 같습니다."

"그래?"

우두머리 쥐는 또다시 올빼미의 볼따귀를 움켜잡으며 거겅스러운 낯빛으로,

"어린놈이 벌써부터……"

간식거리도 안 되는 생쥐에게 이런 대접을 받다니! 올빼미는 순간 욱해서,

"좀 놔주라. 난 할 일이 참 많단다."

"아이고, 그러셔?"

우두머리 쥐가 비웃는다. 처음 1891생쥐를 만났을 때 질문 던지는 모습에 기특해하며 웃었던 올빼미 웃음과 똑같다. 기어이 끓어오르는 화를 참을 수 없었던 올빼미는 우두머리 쥐를 밀쳤다.

"야, 생쥐! 그만하라고."

"아이코야~"

엉덩방아를 찧은 우두머리 쥐는 눈에 불을 켜며,

"이놈이 지금? 뭐 하느냐! 정신 차리게 이놈 볼기짝부터 매우 쳐라."

"넵!"

험상궂은 쥐들이 달려들어 올빼미의 어깨를 비튼다.

"잠깐만요."

"응?"

생쥐 1891호가 다가와 우두머리 쥐에게 조용히 속삭인다.

"태초 할아버지 쥐가 인간으로 변신한 걸 제가 봤어요."

"정말?"

"찍찍, 정확히는 인간의 모습에서 쥐로 탈바꿈한 것이긴 하지만, 제 눈으로 똑똑히 보았어요."

"지금 그 말을 나더러 믿으라고?"

말은 그렇게 했지만, 우두머리 쥐는 곧 음흉한 미소를 떠올린다. 그러더니 돌연 단상에 올라서며,

"친애하는 쥐님 여러분! 영웅이 나타났습니다."

"네? 영웅이요?"

"그렇습니다. 고양이 목에 방울을 달 영웅 쥐를 소개합니다."

때를 같이 해, 시커먼 쥐가 전구눈올빼미의 등을 떠민다.

"우와~ 와!"

단상에 떠밀려 나온 올빼미에게 우레와 같은 박수 소리가 쏟아진다.

"와~ 영웅 쥐다."

우두머리 쥐는 어깻죽지를 으쓱이며 어깨춤을 추었다.

"여러분! 영웅 쥐가 고양이 목에 방울을 달 것입니다."

우두머리 쥐의 어깨춤이 빨라질수록 쥐들의 환호성은 커져만 간다. 올빼미는 우두머리 쥐에게 다가가 속삭였다.

"아까는 믿지 못한다고 하지 않았어?"

"난 여전히 네놈이 그럴 수 있다고 생각하지 않는다."

"그럼, 왜 이러는 거야?"

"대중의 지지를 끌어내기 위해서는 무슨 일이든 해야 하는 거야. 어쨌든 평생 감옥에서 썩고 싶지 않다면 젖 먹던 힘까지 다 해보라고."

전구눈올빼미는 할 수만 있다면 우두머리 쥐의 대머리를 부리로 한방 쪼고 싶다.

14
살고 싶으면
죽은 체 하라

 창고를 둘러보던 전구눈올빼미는 머릿속이 복잡해졌다. 쥐들의 창고에는 별의별 물건이 넘쳐났다.
"참, 별 게 다 있군!"
옆에 있던 생쥐 1891호가 콧잔등을 씰룩거리며,
"이빨을 갉아야 하니 그래요."
"이빨을 갉는다고?"
시커먼 쥐가 딸랑거리는 방울을 들고 왔다.
"영웅 쥐님! 어때? 이 방울을 고양이 목에 달 수 있겠지?"
우두머리 쥐가 어깻죽지를 으쓱이며 선심 쓰듯,
"필요한 게 있으면 말하고."
마침, 창고에는 먹음직스러운 소시지가 있었다. 올빼미는 눈

앞에 소시지를 가리키며,

"저게 필요해."

"안 돼. 소시지는 뭣 하러?"

값비싼 걸 요구하니 우두머리 쥐의 태도가 돌변한다.

"곧 죽을 텐데 최후의 만찬이라도 즐겨야 하지 않겠어?"

"어찌할까요?"

시커먼 쥐의 물음에 우두머리 쥐는 떨떠름한 표정으로,

"내줘, 목숨값은 치러줘야지."

올빼미는 소시지를 안고, 고양이가 있는 곳으로 향했다. 많은 쥐가 숨죽이며 지켜보고 있었다. 쥐구멍 앞에서 올빼미는 소시지를 고양이 쪽으로 굴렸다.

'냐옹?'

고양이는 웬 떡이냐 싶어 소시지를 뜯어 먹기 시작한다. 고양이가 소시지를 먹는 동안, 전구눈올빼미는 생쥐 1891호를 돌아보며,

"그런데 왜 다들 날 보고 새파랗게 어리다고 하는 거야? 내가 그리 젊어 보이나?"

"어르신의 앞니가 한 번도 갉아본 적이 없는 생니라 그래요."

"생니?"

"네, 우리들의 이빨은 끝없이 자라기 때문에 매일 갉아줘야 해요. 그런데 어르신의 앞니는 주름 하나, 갉은 흔적 하나 없는 완전 새것이잖아요?"

"오, 그래!"

그러고 보니 삐죽 튀어나온 앞니가 근질근질하다. 올빼미는 고양이를 살펴보며, 방울을 흔들어 보았다.

'딸랑딸랑~'

배가 고팠는지 고양이는 소시지 뜯어 먹는 것에 여념이 없다. 고양이가 좀 더 먹기를 기다리며, 다시 한번 방울을 흔들어 본다.

'딸랑딸랑!'

그제야 귀를 쫑긋거리며 고양이가 이쪽으로 다가온다.

'꿀꺽!'

쥐구멍을 나서려는데 침이 꼴깍 넘어간다. 생쥐 1891호가 응원의 말을 전한다.

"꼭 성공하세요!"

전구눈올빼미는 대답 대신, 웃어 보였다.

소시지를 반쯤 먹어 치우던 고양이는 아까부터 이상한 소리가 나는 쥐구멍 쪽을 바라보았다. 또다시 딸랑거리는 방울 소리……, 고양이는 반쯤 먹던 소시지를 그대로 두고 쥐구멍으로 다가간다.

"고양이님!"

전구눈올빼미는 이때다 싶어, 고양이 앞에 섰다. 갑자기 튀어나온 생쥐를 보며, 고양이는 자신의 두 눈을 믿을 수가 없다.

"어냥? 지금 내가 뭘 보고 있는 거냐~웅?"

올빼미는 앞발을 공손하게 모으며,

"고양이님, 소시지는 맛있게 드셨나요?"

그때, 고양이가 먹다 만 소시지에서 거부할 수 없는 강한 향이 풍겨온다. 올빼미는 자신도 모르게 앞발을 치켜들며 코를 킁킁거렸다.

"오호라~ 요놈 보게냥!"

고양이는 소시지 냄새에 정신 팔려, 코를 실룩거리는 생쥐가 참으로 보기 딱하다. 고양이는 다짜고짜 냥냥펀치를 날렸다.

"아이코!"

"내가 뭘 먹든 네놈이 무슨 상관이냐~옹?"

불의의 일격을 맞고 올빼미는 그제야 정신 차린다. 한순간의 방심으로 영영 헤어날 수 없는 낭떠러지로 추락할 수 있음을!

"고양이님, 잠깐만 제게 시간을 주시면……"

미처 말 잇기도 전에 고양이가 원투펀치를 날린다.

"이런 얼빠진 생쥐라니!"

고양이는 풀쩍 뛰어올라 앞발로 생쥐를 눌렀다. 고양이의 날카로운 발톱이 올빼미의 옆구리를 파고든다.

"아이코, 고양이님은 지금 배부르잖아요?"

"배가 부르건 말건, 네놈이 알 바 아니야~옹."

"아직도 배고프시다면, 소시지를 마저 드시는 게 좋지 않을까요?"

"네 놈이 더 맛있어 보이는걸?"

고양이는 생쥐 올빼미를 움켜쥐며 입맛을 다셨다.

"잠깐만요! 소시지는 제가 선물로 드린 거예요."

"소시지를……? 무슨 꿍꿍이냐~옹?"

"날마다 소시지를 바칠게요. 그러니 저 좀……, 숨을 쉴 수가 없어요."

고양이는 움켜쥐었던 발을 슬며시 뗐다.

"매일 소시지를 바치겠다고? 정말이냐옹?"

"물론입죠."

말 끝나기 무섭게 고양이가 냥냥펀치를 날렸다. '퍽' 소리와 함께 올빼미의 코에서 쌍코피가 터진다. 그제야 좋은 생각이 번개처럼 스친다. 애초에 방울을 달기보다는 소시지에 독을 타서 고양이에게 먹이자고 할 것을…….

"그래봐야 우리 주인님 것을 도둑질한 거 아니냐~옹?"

고양이는 올빼미를 마구 쳤다. 쥐구멍 안의 쥐들은 눈을 동그랗게 뜨고 그 모습을 지켜보았다. 길 안내하던 생쥐 1891호의 몸이 부들부들 떨린다.

고양이에게 수차례 얻어맞는 중에도 전구눈올빼미는 고양이의 털 하나를 뽑으려 앞발을 뻗었다. 여차하면 너구리 둔갑술을 쓸 생각이다. 그렇지만 날쌘 고양이의 털을 뽑기란 쉽지 않다. 고양이 발톱에 찢겨나간 옆구리에서 피가 흘렀다.

'톡톡……'

톡톡 건드리는 고양이의 냥냥펀치, 이것이 생쥐 올빼미에게는 무시무시한 망치질로 느껴졌다. 그 순간, 전설처럼 전해지는 동물 세계의 격언이 뇌리를 스친다.

'살고 싶으면 죽은 체하라!'

올빼미는 즉시 죽은 체했다. 뱃가죽을 늘어뜨리며 미동도 하지 않았다.

'뭐야?'

고양이는 그만 김이 새 버렸다. 한창 재미있게 놀려는데, 갑자기 생쥐가 죽어버리니 허무하기만 했다.

'뭐 이렇게 싱거워?'

고양이는 세웠던 발톱을 집어넣고, 가만히 생쥐를 다독여 본다. 얼빼진 생쥐는 정말로 죽은 것처럼 보였다. 고양이는 고개를 숙여, 코를 가까이 대고 냄새를 맡아보았다.

그때다. 전구눈올빼미가 튀어 올랐다. 올빼미 시절, 날카롭던 사냥 실력을 발휘하며 고양이를 깨문다. 긴 앞니가 고양이의 콧구멍에 그대로 박혔다. 고양이는 생쥐를 떼어 내려고, 앞발질을 해 댔다.

하지만 그럴수록 코가 깨질 듯이 아프다.

"야옹, 하악!"

고양이는 꼼짝할 수가 없었다.

"야옹, 야아옹~"

고양이는 항복의 의미로 길게 울부짖었다.

"좋아, 항복한 거지? 나중에 딴소리 없기야."

올빼미는 거친 숨을 몰아쉬며 말했다.

"냐옹!"

고양이는 고개를 끄덕이는 것도 힘들어 보였다. 올빼미는 앞니를 천천히 빼냈다.

"아이코냥!"

고양이는 코를 움켜쥐며, 뒤로 물러났다. 하지만 이내 살기를 품고, 하악질을 해댄다.

"네 이놈 생쥐! 하악~"

불타는 눈동자로 고양이가 올빼미를 노려본다.

"잠깐만, 딴소리하지 않기로 했잖아?"

"순진하게 그런 소릴 믿다냥? 하악~"

고양이는 서슬 퍼런 소리를 내며 올빼미를 위협했다.

"찍찍 찌익!"

그때, 예기치 못한 일이 일어난다. 생쥐 1891호가 쥐구멍에서 뛰쳐나와, 올빼미의 옆에 섰다. 뒤이어 누가 고양이 목에 방울을 달 수 있는가! 질문 던졌던 나이 많은 쥐도 올빼미 옆에 선다.

"얘들아, 우리도 가자."

시커먼 쥐도 한 무리의 쥐들을 이끌고 뛰어나왔다. 그러자 더 많은 쥐가 몰려나와, 올빼미를 에워싼다.

"찍찍 찍찍찍!"

떼로 모인 쥐들은 당당히 고양이와 맞섰다. 쥐구멍 안에는 우두머리 쥐들만이 꼼짝하지 않고 틀어박혀 있다.

'어냥? 쥐들이 미쳤나!'

고양이는 깜짝 놀랐다. 평소 같으면 넘쳐나는 먹잇감에 '풍년이로구나!' 하고 좋아했겠지만, 지금은 뒷다리가 후덜덜 떨린다.

올빼미는 고양이를 쏘아보며,

"아까 분명히 항복이라고 했지?"

"그런 말 한 적 없어."

고양이는 코끝에 알싸한 아픔을 느끼며 답했다.

"좋아, 그렇다면 본격적으로 시작해볼까?"

전구눈올빼미는 옆구리 상처의 아픔은 따윈 잊고, 주먹을 불끈 쥐었다. 고양이는 잠시 망설이다가,

"나도 이유 없이 너희들을 괴롭히고 싶진 않다~옹!"

"끝내 항복이란 말을 하지 않는구나. 그래! 최소한의 자존심을 지켜주지. 대신 방울을 달아."

고양이는 마지못해 방울을 목에 건다. 쥐들은 승리의 찬가를 불렀다.

"찍찍~ 영웅 쥐를 맞이하라! 한 뼘 크기도 안 되는 몸으로 거대 괴물 고양이에게 승리하였도다. 찍찍~ 찌이찍……"

"잠깐, 내 말 좀 들어봐!"

전구눈올빼미가 소리쳤다. 쥐들은 노래를 멈추고, 일제히 올빼미를 바라본다.

"이제부터 훔쳐 먹는 짓은 안 돼! 도둑질은 용서받을 수 없는 짓이야. 너희들이 떳떳하지 못한 행동을 한다면, 부당한 대우를 받는다 해도 전혀 이상한 일이 아니지."

의기양양하던 쥐들은 할 말을 잃었다. 그때, 시커먼 쥐가 외쳤다.

"자연으로 돌아가자!"

그 한마디에 쥐들은 자연으로 돌아갈 준비를 했다. 어떤 쥐는 봇짐을 싸며 부산을 떨었다.

"와~ 돌아가자. 자연으로……"

나중에 알게 된 일이지만, 다음날 피리 부는 사나이가 나타났다고 한다.

15
몹쓸 마법에 걸린 왕자님

"서둘러야 해! 시간이 얼마 남지 않았어."

생쥐 1891호의 길 안내를 받으며 전구눈올빼미가 소리쳤다.

"여깁니다!"

왕자님의 방 천장에 도착한 생쥐 1891호가 아래쪽을 가리켰다. 다행히 침대엔 왕자님이 자고 있다. 그런데 어찌 된 일인지, 왕자님은 신음을 뱉어가며, 연신 식은땀을 흘리고 있다.

"어떻게 내려가지?"

"샹들리에 줄을 타고 내려가면 됩니다."

샹들리에의 줄이 천정을 통해 옆 벽면과 연결되어 있었다. 밑을 보니 까마득한 높이다.

"아찔한데?"

"밑을 보지 마세요. 숨을 깊게 들이마시고, 천천히."

생쥐 1891호가 먼저 줄을 타기 시작한다. 능숙한 솜씨로 줄 타는 모습이 꼭 서커스 공연을 보는 것 같다. 올빼미는 떨리는 뒷다리를 부여잡고, 한 걸음씩 내려갔다. 옆구리 상처가 쑤셔온다.

"어서 오세요! 천천히……"

생쥐 1891호는 태초 할아버지 쥐가 줄 타고 내려오는 모습을 숨죽이며 지켜보았다. 올빼미는 균형을 잃고 뒤뚱거렸다.

"앗, 조심하세요."

태초의 쥐는 그만 떨어지고 만다.

"아이코!"

생쥐 1891호는 눈을 질끈 감았다. 다행히 전구눈올빼미는 왕관을 받쳐놓은 방석 위로 떨어졌다. 생쥐 1891호가 기다란 망원경을 미끄럼 타고 내려와 할아버지 쥐에게로 뛰어간다.

"괜찮아요?"

"아이고, 옆구리야. 그런데 이상하지 않아?"

올빼미는 옆구리 상처를 어루만지며, 왕관을 가리켰다.

"무엇이 말입니까?

"이 왕관 말이야."

왕관에서 불길한 기운이 느껴진다. 생쥐 1891호는 왕관에 박혀 있는 암갈색 보석에 코를 가까이 대며, 몸을 부들부들 떨었다.

"어때? 너의 동물적 감각도 이상하다고 말하고 있지?"

"네, 이런 게 근처에 있다면 당장 이사 가야 해요."

"그래! 이 보석을 떼어내서 깨트려 버리자."
"네? 왕관을 망가트리겠다는 말씀이에요?"
"망가트리는 게 아니라, 왕관의 제 모습을 찾아 주자는 거야."
 전구눈올빼미는 그렇지 않아도 근질근질하던 앞니로 보석과 왕관의 이음새를 갉기 시작한다. 생쥐 1891호도 올빼미를 도왔다. 마침, 새벽 여명의 어스름한 빛이 서서히 비춰오고 있다.

 한편, 짜파구리 왕국에서는 짱나 마녀가 공주의 방문을 두드리고 있다.
"공주님, 일어나세요! 어서요."
 잘 자던 나구리 공주는 눈을 비비며,
"왜 그래? 할멈."
 이른 아침부터 요란 떠는 짱나 마녀를 보며, 공주는 짜증이 났다.
"공주님, 이러고 있을 때가 아니에요. 어서 수정구슬을 보세요."
 공주는 눈곱을 떼며, 수정구슬을 덮고 있던 망토를 걷어냈다. 마녀가 간단한 주문을 외우자, 곧 왕자의 방이 보이기 시작한다.
"뭐가 문제라는 거야?"
 마녀가 안절부절못하는 것과는 달리, 왕자님 방은 아무 이상이 없어 보였다.
"할멈, 이제 마법보다 노망의 힘이 더 세진 거야?"
"아니에요. 공주님! 여길 보세요."
 짱나 마녀가 가리킨 곳을 보니 조그만 생쥐 두 마리가 왕관 보석을 떼어내려는 것이 보인다.

"아니? 저놈의 생쥐들이 지금 뭐 하는 거야?"
"보통 쥐가 아닌 거 같아요."
"저것들이 이제 보석도 먹나?"
"그건 아닌 것 같고……, 생쥐로 변신한 마법사 아닐까요?"
"어라? 저것 봐, 보석이 떨어지려고 해."
"어디요?"
"빨리 어떻게 좀 해봐!"
공주가 소리치자, 짱나 마녀가 급히 주문을 외운다.
"짱나짱나 짱나부러, 짱나구리 짱나부러 짜짱!"

왕관에서 순조롭게 보석을 떼어내고 있던 전구눈올빼미는 갑자기 이상한 기운에 머리가 멍해지는 것을 느꼈다. 이어서 귓가에 기묘한 환청이 들려온다.
"널 세상에서 가장 위대한 동물로 만들어 주겠다."
검은 망토를 뒤집어쓴 반신반수 흑마왕이 속삭였다. 올빼미는 마음속에 독버섯처럼 자라나는 유혹을 뿌리치려 애썼다. 하지만 뿌리치려 할수록 유혹은 더 강하게 올빼미를 향해 달려든다.
"내 말을 들어라. 귀 기울이는 것으로 너는 힘을 얻게 될 것이다."
유혹은 곧 거부할 수 없는 힘이 되었다. 주체할 수 없는 기운에 올빼미는 폭발할 것 같은 충동을 느꼈다. 그때, 동물계의 격언이 지평선을 벗어난 태양처럼 떠오른다.
「살고 싶으면 죽은 체하라」

올빼미는 고양이 앞에서 그랬던 것처럼, 이번에는 몸이 아니라 마음을 죽은 체했다. 유혹에 휩쓸릴 만한 욕망 한 점 없다고 생각하니, 환상은 효력을 잃고 연기처럼 사라진다.

'찍찍! 사라짐~'

 이제 숨 좀 쉬려나! 안정을 찾던 올빼미는 또 다른 위기를 마주하게 되었단 걸 깨달았다. 생쥐 1891호가 눈이 빨갛게 변한 채로 자신을 노려보고 있다.

'찌찍! 찌지직~'

 생쥐는 성난 야수처럼 으르렁거리며 올빼미에게 달려들었다. 올빼미는 재빨리 피했다. 책상 밑으로 떨어질 뻔한 생쥐가 기어 올라와 또다시 달려든다.

 짜파구리의 짱나 마녀는 숨죽이며, 수정구슬을 통해 이 모습을 지켜보았다. 사태가 심각하다는 걸 직감한 공주가 소리친다.

"할멈, 안 되겠어. 빨리 왕자를 깨워!"

"네?"

"뭐 이리 굼떠? 빨리빨리!"

마녀는 황급히 또 다른 주문을 외운다.

"아따 징하게 짱나부러, 짱나구리 짱나부러 쿵따리 짜짱!"

 왕관의 마법 보석이 붉은빛으로 변했다. 몹쓸 마법에 걸린 생쥐 1891호는 뿔난 황소처럼 달려든다. 전구눈올빼미는 녀석을 피해 왕관 보석을 덥석 물었다.

"아얏!"

생쥐가 올빼미의 뒷다리를 들이받는다. 그 반동으로 왕관 보석이 공중에 붕 뜨고 만다.

'붕~ 쨍!'

책상 밑으로 떨어진 붉은 보석은 깨지고, 올빼미는 생쥐와 한데 몸이 뒤엉켜, 책상 끝에 가까스로 매달렸다.

"무슨 일이지요?"

영문을 모르겠다는 듯, 생쥐가 멀쩡해진 눈으로 올빼미를 올려다보았다.

"나중에 얘기하고, 일단 올라와!"

"찍찍."

생쥐는 낑낑대며 올빼미의 뒷다리를 잡고 올랐다.

한편, 짱나 마녀는 어쩔 줄 몰라 하며 발을 동동 굴렀다. 마녀가 주문을 외웠지만 왕자는 깨어나지 않았다.

"어떻게 된 거야? 할멈?"

"……."

짱나 마녀는 할 말을 잃었다. 수정구슬을 통해, 산산조각 난 붉은 보석이 드러났다. 마법의 붉은 보석이 깨어지자, 왕자님은 비로소 편안해 보였다.

몸을 뒤척이며 신음하던 것을 멈추고, 왕자님은 고른 숨을 쉬었다. 안도의 숨을 쉬기도 전에, 올빼미는 몸에 이상한 기운을 느꼈다. 예전에 토끼로 변신했다가 시간이 다 되어, 마법에서 풀려날 때와 비슷한 느낌이다.

 불현듯 전구눈올빼미는 호기심이 일었다. 너구리 변신술로 인간이 되면 어떨까! 대장 너구리가 절대로 하지 말라던 일이라 더욱 궁금하다.

 올빼미는 왕자의 머리맡으로 부리나케 달렸다. 그러고는 왕자의 머리털 하나를 뽑아 들며, 주문을 외운다.

 "변화무쌍한 너구리 정령이여. 나를 털의 주인과 같은 모습으로 바꾸어 주소서. 리·구·너!"

16
머리통 인간

'콰르릉 쾅쾅!'

마른하늘에서 날벼락이 쳤다. 생쥐 1891호는 올빼미가 변신하는 광경을 두 눈 똥그랗게 뜨고 지켜보았다. 올빼미가 변신하는 모습에 나구리 공주와 마녀는 경악을 금치 못한다.

"어? 저건 뭐야!"

그러나 어찌 된 일인지, 올빼미는 온전한 사람이 되지 못했다. 나구리 공주가 두 눈을 깜박이며 묻는다.

"할멈, 저 마법은 도대체 뭐야?"

마녀가 갸우뚱거리며 답한다.

"글쎄요? 굳이 말하자면…… 인간 머리통 되기?"

한편, 벼락 치는 소리에 잠 깬 왕자는 머리맡에 머리통 인간을 발견하고는 침대 밖으로 뛰쳐나갔다.

"에구! 이게 뭐야?"

왕자는 몸을 일으켜 세우며 분을 삼켰다.

"어떤 놈이 이런 장난을 한 거야? 머리통 인형을 감히……."

왕자는 중얼거리며 머리통 인형을 바라보았다. 그렇지만 신기한 건, 그것이 살아서 눈을 깜박이며, 입을 움직인다는 것이다.

"참으로 고약한 꿈이다."

왕자는 아직도 꿈꾸고 있는 것으로 생각했다.

"왕자님! 이제 괜찮습니까?"

머리통 인간이 물었지만, 왕자는 못 들은 척했다.

"이상하다? 꿈이지난 너무 생생하잖아!"

"왕자님, 꿈이 아닙니다."

머리통만 남은 사내의 얼굴을 들여다보던 왕자는 깜짝 놀랐다. 자기의 얼굴과 똑같기 때문이다.

"어휴, 요 며칠 악몽에 시달렸다고, 이젠 별의별 꿈을 다 꾸는구나!"

왕자는 머리를 긁적이며 양손을 펼쳐보았다.

'어?'

손의 감촉이 그대로다. 의지에 따라 손이 쥐어지고 펴지고……, 왕자는 깜짝 놀라 자기 얼굴을 매만져 보았다. 손과 얼굴에 생생한 감각이 전해진다.

"아니야! 꿈이……"

왕자는 하마터면 비명을 지를 뻔했다. 꿈이 아니라고 하기엔 지금 눈앞에서 벌어지고 일이 너무나 터무니없다. 머리통 인간이 침대 위를 데구루루 굴러다니며, 혀를 날름거리고 있었다.

17
마녀의 최후

왕자는 떨리는 손으로 과일 바구니에서 사과를 집어 들었다. 사과를 한입 깨물자, 입안에서 터지는 사과 향이 잠들어 있던 감각을 일깨우는 것 같다.

"참으로 신기한 세상이군!"

"저……."

머리통 올빼미는 왕자에게 말하는 것이 힘들다. 바닥에 눌린 턱을 위아래로 움직여 말하는 것이 여간 고역스럽지 않다.

"왕자님, 말하기 편하게…… 저 좀…… 들어주시겠어요?"

"오, 이런! 내 머리가 나에게 말을 하다니……"

왕자는 올빼미의 머리통을, 아니 머리통이 된 올빼미를 들어, 조심스럽게 왕관 방석에 내려놓는다.

"뭐냐? 넌!"

대뜸 왕자가 물었다.

"그래도 사람 머리를 하고 있는데, 뭐냐고 묻는 건……."

"진짜 뭐냐니까?"

여전히 벌어진 입을 다물지 못하며 왕자가 거듭 물었다.

"왕자님이 바다에 빠졌을 때, 인어공주가 살려주시지 않았습니까?"

"기억이 없어. 무엇으로 증명하겠느냐?"

"낮에 드렸던 나침반은 왕자님의 것이 맞지 않습니까?"

왕자는 책상 위에 황금조개 나침반을 손에 쥐었다. 나침반은 마법에서 풀려나, 온전한 황금빛으로 빛나고 있다.

"날 구해준 인어공주가 간직하고 있던 것이냐?"

"네."

"인어공주가 존재한다니 참으로 신기하구나!"

"그보다 제가 더 신기하지 않습니까?"

"하하, 네 말이 맞다."

왕자는 올빼미를 이곳저곳 살펴보았다. 그러던 중, 책상 바닥에 팽개쳐진 왕관과 깨진 붉은 보석이 눈에 들어온다.

"내 왕관을 누가 망가뜨린 것이냐?"

"짜파구리 왕국의 공주가 왕자님에게 못된 마법을 걸었습니다."

"뭐……?"

왕자는 순간, 고뇌에 빠진다.

"믿기 힘든 일이로구나. 나구리 공주는 날 살려준 은인이다."

올빼미가 답한다.

"저도 나무꾼이 말할 때 믿지 않았습니다."

"무엇을 말이냐?"

"사랑하는 사람이 믿음을 저버리고 돌아서는 일이요."

"으음?"

"그렇지만 알게 되었습니다. 사랑은 상대방을 통해 이득을 취하는 것이 아니라, 자기 것을 내어주는 것이라는 걸요. 필요하다면 목숨까지도 말입니다."

왕자는 황금조개 나침반을 들어 뚜껑을 열어보았다, 나침반의 화살표가 자기 심장을 가리켰다.

"지금도 짜파구리 공주는 스파게티 영토를 빼앗으려고 우리를 몰래 훔쳐보고 있습니다."

"어떻게 말이냐?"

"왕자님이 끼고 있는 반지를 통해 말입니다."

올빼미는 눈짓으로 왕자님의 반지를 가리켰다. 왕자는 누구에게 들키기라도 하면 안 된다는 듯이, 반지를 몰래 빼어 책상으로 걸어갔다. 그러고는 육중한 옥쇄를 집어 들어 호두 깨듯 반지를 깨부순다.

'쾅!'

수정구슬을 통해 이 모습을 지켜보던 나구리 공주와 짱나 마녀는 화들짝 놀랐다. 미처 피할 새도 없이, 수정구슬이 폭탄처럼 터진다.

"꺅!"

 공주와 마녀는 동시에 비명을 질렀다. 수정구슬의 날카로운 파편이 공주의 얼굴에 튀고, 마녀의 몸에 박혔다. 추레한 마녀는 더욱 추해졌고, 예쁘장하던 나구리 공주의 얼굴은 심하게 망가졌다.

18
인어공주를 찾아서

"인어공주를 찾으려면 어떻게 해야 하지?"

왕자는 황금조개 나침반을 손에 꼭 쥐며 물었다. 전구눈올빼미는 입술을 움직인다.

"저를 따라오십시오."

왕자는 갸우뚱거렸다.

"머리통밖에 없는 너를?"

올빼미는 싱긋 웃어 보이며 신비 주문을 외운다.

"변화무쌍한 너구리 정령이여, 나를 본래 모습으로 바꾸어 주소서. 리너구… 아니 리·구·너!"

머리통 인간이 변신하기 시작한다. 스멀스멀 날개깃털이 돋아나며 새의 형상을 띠기 시작한다. 왕자님은 두 눈을 동그랗게 뜨고 그 광경을 관찰했다. 이마에서 부리가 튀어나오고, 사람 귀가 점점 커지며 새의 날개로 변해 가는 모습은 꿈속에서조차 보지 못한 광경이다.

"올빼!"

어느새, 머리통 인간은 어엿한 올빼미가 되었다. 본래의 모습을 되찾은 전구눈올빼미는 열린 창을 통해 뛰어올랐다.

"올빼."

전구눈올빼미는 동쪽 해안가를 향해 힘차게 날아올랐다. 올빼미의 날아가는 모습을 바라보며, 왕자는 아직도 꿈을 꾸고 있는 건 아닌지, 양손으로 두 뺨을 찰싹 때려본다.

바닷가에 도착한 전구눈올빼미는 고개를 들어 주변을 둘러보았다. 아무도 없는 바닷가는 쓸쓸하기만 하다. 그때, 하늘에 구름이 잔뜩 몰려와 바람이 불기 시작했다.

바닷바람이 얼마나 거센지, 날개깃이 빠져나갈 것 같다. 폭풍처럼 불어닥치는 바람에 파도도 성이 났는지, 해안 절벽을 사정없이 발길질한다.

전구눈올빼미는 심상찮은 징조에 눈썹을 찌푸렸다.

'아니나 다를까!'

바다표범들이 수면 위에 떠오르더니 장송곡을 부르기 시작한다. 곧이어 회오리가 굽이치며 대왕조개가 떠올랐다.

대왕조개 뒤로 온갖 바다생물들이 행진했다. 모든 바다 생물들이 슬피 운다. 상여를 멘 거북이는 대성통곡을 했다. 그중에는 108문어도 있었다.

"문어님······."

올빼미는 108문어를 다시 보게 되어 기뻤다. 그러나 모두가 슬피 울고 있었기에 내색할 수 없었다. 거북에게 말을 붙이고 싶었지만, 어찌나 심하게 우는지 가까이 다가갈 수도 없다.

"왜 이리 늦으셨어요?"

108문어가 수척해진 몸으로 다가와 물었다. 딱히 물어보지 않아도, 인어공주는 이미 이 세상 사람이 아니라는 것을 알 수 있었다. 마치 관 속에 누워 있는 것처럼, 대왕조개 안에 고이 잠든 인어공주를 보며 정말 너무 늦은 게 아닌지! 올빼미는 순간 가슴이 무너지는 것 같다. 신기한 체험도 많았지만, 죽을 고비도 수차례 겪으며 여기까지 왔는데, 모든 게 수포로 돌아간다니 허망하기만 했다.

'하······.'

부리에서 탄식 같은 한숨이 새어 나올 때, 어디선가 힘찬 말발굽 소리가 들려왔다.

'푸득푸득 히이힝 히힝~'

저 멀리서 흑마 탄 왕자님이 황금 망토를 휘날리며, 폭풍처럼 달려오고 있었다.

"이럇!"

왕자님은 말을 멈추고, 모래밭을 한 움큼씩 파헤치며 달려온다.

"어찌 된 일이냐?"

봉골레 왕자는 거친 숨을 내뱉으며 물었다. 그리곤 대왕조개 속에 고이 누워있는 인어공주를 발견한다. 창백하다 못해 파르스름한 인어공주의 몸은 아무런 미동도 없었다.

"공주!"

봉골레 왕자는 인어공주를 끌어안았다. 차디찬 인어공주의 몸이 힘없는 갈대처럼 흔들렸다. 왕자는 눈물이 그렁한 채로 인어공주의 이마를 쓰다듬었다. 공주의 뺨에 왕자의 뜨거운 눈물이 떨어진다. 이 둘의 모습을 바라보는 바다생물들도 굵은 눈물방울을 뚝뚝 흘렸다.

"미안하오, 내가 너무 늦게 왔소."

봉골레 왕자는 인어공주의 입에 입맞춤했다. 입술에 닿는 그 순간까지도 눈물이 멈추지 않는다. 왕자의 눈물이 마치 안약처럼, 인어공주의 눈에 흘러들었다. 그 때문에 죽은 인어공주가 꼭 살아서 눈물 흘리는 것처럼 보였다.

"올뺌……"

전구눈올빼미는 눈물을 삼키며, 그 모습을 지켜보았다. 입술이 사라져 버린 인어공주의 얼굴은 여전히 창백하다. 올빼미는 왕자의 어깨에 내려앉았다. 그리고는 목청을 가다듬어 노래 부르기 시작한다.

"올뺌, 거친 물살 헤치며 달려가는 험난한 인생파도 ♪ 늦지 않았다면 눈 떠주오, 어여쁜 입술 열어 내게 말해주오. 아! 닿지 못한 말들, 부서지는 나의 마음이여 ♪"

 고요하고 쓸쓸한 밤, 구슬프게 들려오는 산비둘기 울음소리처럼 올빼미의 노랫소리가 들렸다. 신기하게도 인어공주의 귀가 쫑긋거리며 움직이기 시작한다.

"닿지 못한 말들, 부서지는 마음, 나의 인어공주여! ♪

 봉골레 왕자는 인어공주의 귀를 조심스레 만져보았다. 공주의 귀에서 느껴지는 연약한 해파리 감촉은 깊은 바닷속에 빠져 의식을 잃기 전, 자기 뺨에 닿았던 그 느낌이다.
"오!"
 봉골레 왕자는 비로소 의식의 끝에서 소중한 기억들이 새록새록 떠오르는 걸 느꼈다. 입맞춤하며 숨을 불어넣어 주던 인어의 얼굴, 나구리 공주의 눈을 피해 달아나던 슬픈 눈동자, 그리고 황금조개 나침반을 가슴에 차던 그 손길.
"아……!"
 왕자님은 확신에 차서, 다시 한번 인어공주에게 입맞춤했다. 그때다. 공주의 입에서 점차 연분홍빛 입술이 새살 돋듯 돋아나기 시작한다. 인어의 지느러미가 조금씩 꿈틀거린다.
"공주! 정신이 드시오?"

 인어공주는 눈을 떴다. 공주의 눈이 붉은 석류 열매처럼 빛났다. 봉골레 왕자는 빨간 눈빛에 놀랐지만, 인어공주를 익히 알고 있던 바다생물들은 탄성을 질렀다.

"오~ 공주님이……."

 인어공주는 스르르 일어났다. 보는 이에게 오싹하게 만드는 붉은 눈만 아니라면, 인어공주는 너무나도 아름다웠다. 살아난 인어공주를 보며, 모든 바다생물이 기뻐하였다.

"공주님이 살아나셨다."

 바닷가재가 집게발을 짝짝거리며 만세를 불렀다. 장사 행렬 맨 뒤에 있던 멍게와 해삼은 손을 맞잡고 춤춘다. 해마는 해상보트처럼 물 위를 달렸다. 불가사리가 빙글빙글 돌며 별사탕을

뿌렸다.

모두가 웃고 환호하고 있을 때, 어디선가 은은한 하프 연주 소리가 들려왔다. 돌아보니 108문어가 수많은 다리를 나달거리며, 밤하늘의 달로 조각한 하프를 켜고 있다.

"어머, 다리가? 지느러미가 다리로 바뀌고 있어요."

108문어의 하프 연주 소리에 인어의 지느러미가 인간 다리로 변하고 있었다. 인간의 다리가 어색한지 공주는 중심을 잃고 비틀거렸다. 덕분에 춤추는 것처럼 보였다. 꽃게와 투구 게들도 이에 질세라, 옆걸음으로 스텝을 밟으며 춤을 춘다.

"손을 주시오."

봉골레 왕자는 인어공주를 일으켜 세웠다. 비틀거리던 공주는 왕자의 품에 쓰러질 듯 안긴다. 전구눈올빼미는 둥근 원을 그리며 날아올랐다. 저 멀리서 돌고래 떼가 곡예 하듯 수면 위로 펄쩍펄쩍 뛰어오른다. 어느새 잠잠해진 바다 물결 위로 아름다운 무지개가 꿈을 그리듯 피어올랐다.

그때, 불현듯 하늘에서 시커먼 용이 나타났다. 용은 얼마나 거대한지, 그림자만으로 세상의 절반을 가리는 것 같다.

"네, 이것들!"

용머리에는 용왕님이 타고 있었다. 인어공주가 죽은 줄로만 알고 있는 용왕님은 이를 갈며 분을 터트렸다.

"봉골렌지 봉걸레인지, 스파게티인지 스파구리인지! 내 그놈의 왕자를 불바다로 만들리라."
 용은 스파게티 궁전을 향해 빠르게 날아갔다.

"용아, 불을 머금어라. 봉골레를 통닭구이로 만들리라."
 용은 입 안 가득 불을 머금은 채, 콧김만으로도 하늘을 불태울 것 같다. 〈끝〉

전구눈올빼미의
빛나는 호기심

발행일 | 2025년 11월 30일

지은이 | 김세잔
펴낸곳 | 단한권의책
출판등록 | 제25100-2017-000072호(2012년 9월 14일)
주소 | 서울시 은평구 서오릉로 20길 10-6
팩스 | 070-4850-8021
이메일 | jjy5342@naver.com

ISBN 979-11-91853-55-1 (03810)
값 | 12,000원

이 저작물의 내용을 쓰고자 할 때는 단한권의책의 허락을 받아야 합니다.
파손된 책은 바꿔 드립니다.